운동의 참맛

삶의 권태를 설렘으로 바꾸는

운동의 참맛

박민진 지음

RHK
알에이치코리아

내 인생을 망치러 온 나의 구원자

회복의 기회는 위기와 함께 찾아왔다. 음매 하며 울지는 않았지만 소처럼 과묵하게 일만 하던 시절, 나는 내가 진정으로 뭘 하며 살고 싶은 건지 알 수 없었다. 삶이 무료하고 시무룩했다. 한편으로는 지금의 일상이 평생 내가 원했던 것이 아니냐며 스스로를 다그치기도 했다. 어떻게 이룬 평화로운 일상인데 배부른 생각을 한다고 여겼다.

작가가 꿈이었기에 글을 잘 쓰고 싶었지만, 열심히 써도 누구나 좋아할 만한 글이 나오지 않았다. 어떤 삶을 살아야 하는지도 모르는데 글을 쓴다는 게 어불성설로 느껴졌다. 나는 매일 아침 출근 전 방 한가운데 우두커니 서서 어질러진 이불과 널브러진 빨랫감 그리고 여기저기 흩어진 책을 보면서 그게 지금 내 인생이 아닌가 생각했다.

나는 내 마음이 어떤 상태인지조차 가늠하지 못하는 애송이에 불과했다. 그건 마치 콘돔, 담뱃갑, 속옷 등을 인위적으로 어질러 놓은 영국 미술가 트레이시 에민의 침대 작품처럼 삶을 방치하는 태도에 가까웠다. 어디로든 흘러가겠거니 하며 두 발짝 정도 뒤로 물러선 방조자의 마음이었다. 여차저차 정신없이 일하다가 점심을 먹고 나면 미칠 것 같을 때가 있었다. 동료들과 아메리카노를 한 잔씩 들고 신나서 떠드는 가운데 나 혼자 텅 빈 방에 몰린 기분이었다. 아마 내 여자친구 보림이에게 이런 말을 하면 전문가에게 상담받아 보라고 할 테지만, 난 그런 공허함을 고통이 아닌 분수에 넘치는 권태라고 단정했다. 징징거리지 말라고 나 자신을 다그치는 게 편했다.

처음 내 문제가 심각하다고 느낀 건 글 쓰는 일에 전혀 관심이 생기지 않으면서부터였다. 그건 자신감이 떨어졌다거나 글솜씨가 모자라니 더 연습해야 한다는 자의식이 아니었다. 글을 쓸 때마다 모든 문장이 피상적으로 보였다. 주변 친구들은 브런치 구독자가 많다면서 나를 추켜세웠지만, 좀처럼 믿음이 가질 않았다. 이런 글을 쓰다가는 결국 아무런 성취도 없이 그만두게 되리라는 불안한 예감이 들었다. 이렇게 우울감과 자기혐오에 뒤섞여서 회사 생활을 하니 그게 제대로 될 턱이 있을까. 가족이든 연인이든 친구든 인간관계도 제대로 굴러갈 리 없었다. 삶이 견딜 수 없는 상실감과 함께 흘러가고 있었다.

삶에 대한 만족도가 떨어지니 외모 자신감도 덩달아 하락했다. 내가 별 볼 일 없는 사람으로 보일까 봐 두려워서 외출을 꺼렸다. 현관 거울 앞에 서서 이런저런 신경을 쓰고도 못생겨 보일까 봐 불안했다. 정확하게는 평범한 '남자 1'로 보이는 게 싫었다. 내 감정과 성격이 평이하게 여겨졌고 볼품없는 육체의 너저분함이 옷 밖으로 삐져나올까 두려

운동의 참맛

웠다. 이러니 늘 외출 전에 거울 앞에서 쇼를 하다가 약속 시간에 늦곤 했다. 옷을 입었다가 벗었다가 하는 내게 엄마는 "지랄도 가지가지네!"라고 외치며 내 쇼에 감탄했다.

머리를 이렇게 만지고 저렇게 만지다가 한 시간을 훌쩍 허비했다. 옷을 입었다 벗기를 반복하고 빡빡 깎은 머리에 손댈 데가 어디 있다고 포마드를 마구 발랐다. 얼굴값이 저렴하니 꼴값으로 치르려는 심산이었지만 쉽지 않았다. 난 생처음으로 옷이 없다는 흔한 말의 참뜻을 실감했다. 옷도 없었지만 옷값은 더 없었다. 사실 옷은 옷장에 가득 걸려 있었지만, 입고 나갈 수 없는 천 쪼가리일 뿐이었다. 입고 나갈 수는 있겠지만, 입고 나갔다가는 그날 하루를 망칠 거적때기였다. 옷 따위로 하루를 망치는 내 모습이 싫었다.

거울 속 나는 전체적으로 밋밋하고 칙칙했다. 이렇게 외출에 힘겨웠으면서도 약속 장소에 나갈 때는 가관이었다. 어디서 주워들은 대로 포멀한 흰 셔츠에 청바지를 입고 힘을 뺀 척하면서 머리에 힘을 주고 다녔다. 가방에 소설책과 노트북을 챙겨 넣으면서 속으로 중얼거렸다. '누가 널 본다고 그래.' 그러다가 버스 정류장에 서면 다시 자신감이 하락했다. 정류장 뒤편에 있는 돈가스집의 까만 유리창에 내 모습을 비춰보면서 절망에 빠졌다. 광고 전단에서 환히 웃는 젊은 남자 모델이 아비꼬 정식을 먹으면서 날 놀려대고 있었다. 153번 버스에 올라타면 여의도로 가는 단정한 셔츠 차림의 넥타이 부대 앞에서 주눅이 들어 힐끔거렸다.

그때 난 내가 특별하지 않으면 안 된다고 생각했다. 사춘기를 제때 제대로 관통하지 못해서 그랬는지 중이염이 생길 나이에 중이병에 걸려서 골골댔다. 특별하지 않고는 살기 싫은데 특별할 요령이 없으니 늘 갈급했다. 지금은 나이 탓인지 서울특별시에서 직장을 다니는 그 흔한 누군가로 특별함과 담쌓고 살지만, 스무 살 초입의 나는 젊음이란 특별해야 한다는 강박에 힘겨워했다.

상태가 심해졌을 땐 친구가 오랜만에 술자리로 불러내도 거절 놓기에 바빴다. 몇 시간을 망설이다가 어떻게든 변명거리를 만들어서 내뺐다. 그들의 인스타그램에서 본 화려한 지인들과 같은 공간에 있을 생각을 하니 괴로웠다. 너

운동의 참맛

석들은 태어날 때부터 외모 가꾸는 법을 배운 것처럼 능숙했다. 녀석들은 기가 막히게 유행에 민감했고, 늘 어디서 본 듯한 옷차림을 하고 있었다. 키도 작고 왜소한 나는 녀석들이 교만한 태도로 나를 관찰하는 게 싫었다. 밤이 늦어 1차 술자리가 끝나고 술을 못 마시는 내가 먼저 귀가하면, 녀석들이 2차로 간 포장마차에서 자기들끼리 모여 순두부찌개에 소주를 하면서 잔혹하리만치 집요하게 내 외모를 두고 놀리진 않을까 불안했다. 그때 난 세상이 내 중심으로 돌아간다고 믿고 있었다. 아무도 내게 관심이 없었는데 정말 그럴까 봐 조바심을 냈고, 누가 관심이라도 보이면 그게 날 놀리는 건 아닌지 의심했다.

변화는 헬스를 처음 권유한 직장 선배로부터 시작됐다. 그는 대뜸 사내 메신저로 권상우 같은 몸을 만들고 싶은 자는 퇴근 후에 남으라는 단체 쪽지를 보냈다. 보니까 후배들에게만 보낸 메시지 같았다. 난 그 무례하고 무뚝뚝한 말투가 싫어서 '읽씹'했지만, 어이없게도 사무실에서 잔업을 하다가 그에게 붙들려 처음 헬스장이란 곳에 갔다. 그 아스라한 고무 냄새와 쇳내가 아직도 생생하다. 평소 그의 무쇠와 같은 팔과 터질듯한 셔츠를 눈여겨봤지만 그게 좋아 보이 진 않았다. 저런 파우더 근육을 어디다 쓰나 싶었다. 그런 근육을 달고 사무실에서 종일 프로그램 소스를 코딩한다는 게 우스웠다. 업무 스타일도 팔뚝만큼 고압적인 데다 성격은 또 어찌나 과묵한지. 하여튼 나 같은 수다쟁이와는 먼 사람이라고 여겼다. 하지만 그는 헬스장만 가면 다른 사람으로 돌변했다.

헬스장에 도착하기가 무섭게 선배는 옆구리가 잔뜩 파인 민소매로 옷을 갈아입고선 내 앞에서 헬스가 얼마나 숭고한 운동인지 몸소 증명해 보였다. 그 컬컬한 목소리가 헬스장에 가니 꾀꼬리처럼 울렸고, 말투도 긍정을 씹어 먹은 족집게 강사처럼 변했다. 그는 모든 힘을 죽이고 살다가 헬스장에서 모든 걸 쏟아붓고야 마는 헬스에 미친 작자였다. 그를 좀 더 소개해 볼까? 선배는 시간만 되면 늘 운동 유튜브를 뚫어져라 봤고, 점심으로 짬뽕을 먹어도 편의점에서 닭가슴살을 사 와서 국물에 욱여넣었다. 왜 그리 유난을 떠

운동의 참맛

냐는 동료들의 놀림도 기분 좋게 받아넘겼다. 미소를 지으면서 따봉을 치켜드는 그의 팔뚝이 모든 유난을 불식시켰다. 난 그와 운동하면서 절친해졌다. 선배는 내가 여전히 운동에 푹 빠져서 사는 것을 자기가 세운 혁혁한 공으로 여긴다. 솔직한 얘기로 그는 내 인생을 뒤바꿔 놓았다.

그를 만난 덕분에 나는 절로 잠이 오고 절로 정신이 번쩍 뜨이며 절로 밥맛이 도는 데다가 절로 살까지 빠지면서 절로 몸이 두꺼워지는 헬스의 세계로 진입했다. 누군가는 중년의 나이에 죽을 고비를 넘기고서야 알게 되는 운동의 중요성을 난 헬스에 미친 선배 덕에 20대 초에 알아챘다.

운동을 배운 지 얼마 되지 않았을 무렵, 너무 힘들고 정신이 해이해져서 간혹 헬스를 빼먹기라도 할라치면 혹독한 비난을 면치 못했다. 하루는 몸이 피곤해 헬스장을 건너뛰고 곧장 집으로 갔는데 그날 저녁, 링컨의 게티즈버그 연설보다 긴 문자메시지가 와 있었다. 여자친구가 비정하게 날 찰 때도 그렇게 긴 메시지는 아니었다. 요지는 이거였다. 뭐든지 정신력 싸움인데, 너는 나약하게 굴고 있다. 지금이

가장 힘든 시기지만, 고비를 넘기면 분명히 아파도 운동을 해야 괜찮아지는 시기가 올 거다. 그러니 헬스를 빼먹지 말라는 얘기였다. 위인전이나 〈인간극장〉에 나올법한 오글거리는 말투였지만, 그는 진심이었다.

선배는 내가 무거운 무게를 들어낼 때마다 고함치며 호들갑 떨길 좋아했다. 옆에서 추임새를 넣으면서 "민진아, 지금 너무 좋아. 등이 완전히 먹고 있어. 자, 세 개만 더해보자!" 그는 이런 식의 오그라드는 말투로 내 운동 의지를 그리스 신전에 올려놨다. 그는 혀가 짧아서 "민진아"를 항상 "밍딩아"라고 외쳐댔고, "좋아"를 "됴아"라고 했다. 그걸 우연히 들은 회사 동료가 "밍딩아, 됴아"를 유행어로 만들어서 1년을 우려먹었다. 그런데도 난 운동에 점점 더 빠져들었다. 때로는 무섭고 때로는 미친 사람처럼 보였던 그를 계속 따라다니면서 운동했던 건 결과가 확실히 보였기 때문이다. 몸은 갈수록 날쌔졌고, 등과 허리, 팔뚝, 허벅지는 점점 탄탄해졌다. 남들은 돈 주고 개인 교습을 받는다는데 도무지 그럴 형편이 되지 않았던 나는 코칭은 물론 단백질 파

운동의 참맛

우더를 나눠주고 가끔은 맛있는 저녁까지 사주는 그에게 보답하고 싶어서 더 악바리처럼 운동했던 것 같다.

　오늘도 퇴근 시간이 되자마자 나는 벌떡 일어나서 헬스장으로 향했다. 월급은 나오지 않지만 내겐 또 다른 출근 시간이다. 무엇보다 내게 1순위인 시간이다. 삶이 운동과 밀접해지면서 모든 게 좋아졌기 때문이다. 누군가와 가까워졌다가 멀어졌으며 회사도 이리저리 옮겨 다녔지만, 운동만큼은 예나 지금이나 내 일상의 한켠을 차지하고 있다. 출장을 가서도 남들 다 사우나 갈 때 나는 헬스장에서 피로를 풀었고, 기분이 우울할 때도 밀크초콜릿 대신 단백질 셰이크를 마셨다. 이제, 그 과묵하던 선배가 왜 헬스장에서는 그렇게 방방 뛰어다녔는지 잘 안다. 외모 콤플렉스는 여전하지만 이제 운동으로 그 기분을 감쇠시킬 줄 안다. 지금도 옷만 사면 낭패인 '옷못알'이고, 패션 테러리스트지만 뭘 입든 운동을 열심히 하면 맵시가 난다는 걸 안다. 아무렴, 그렇고말고. 운동은 그때도 좋고 지금도 좋다. 운동은 그때도 맞고 지금도 틀리지 않았다!

차례

Part 1

운동을 시작했습니다

Part 2

먹는 것까지 운동입니다

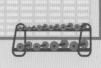

Part 3

나를 사랑하기로 했습니다

Part 1

운동을 시작했습니다

헬스 세계 입문을 환영합니다

혼자 처음 헬스장에 갔을 때가 기억난다. 입구문을 열고 안으로 들어서는데 종소리가 들렸다. 마치 고즈넉한 절에서 들리는 타종 소리처럼. 그때 나는 눈치챘던 것 같다. 아, 매일 여길 드나들겠구나. 처음 도박장에 들어서자마자 눈이 반짝거린 영화 〈타짜〉 속 고니처럼 나도 헬스장에 들어선 순간, 온몸이 찌릿했다. 그곳은 그야말로 '신세계'였다.

땀 냄새와 고무 냄새가 뒤섞인 그 묘한 냄새도 내겐 향

굿하게 느껴졌다. 이곳저곳을 둘러보다 한쪽 구석에서 거친 숨을 몰아쉬며 운동을 하던 스포츠머리의 아저씨와 눈이 마주쳤는데, 그는 멍하니 서 있는 나를 한 번 쳐다보고는 아무 말 없이 물을 들이켜고 다시 운동에 몰두했다. 무슨 이유에서인지 그런 무관심이 이상한 소속감을 자아냈다. 마치 비밀 공동체에 들어와 처음 만난 동지와 가볍게 눈인사를 한 느낌이랄까.

그때는 나도 어서 저 삼두근이 두꺼운 아저씨처럼 '기술자'가 되고 싶었다. 헬스트레이너 자격증은 없지만 어디 내놔도 힘 좀 쓸 줄 아는 헬스 기술자 말이다. 그때를 기점으로 16년이 지난 지금 나는 헬창(헬스에 미친 사람)이 되었다. 요즘 난 딸랑거리는 종소리와 함께 헬스장 문을 열고 들어오는 헬린이(헬스 초보자)와 눈이 마주치면, 스포츠머리의 그때 그 아저씨와 달리 씩 미소를 지어 보인다. 이 세계에 들어온 걸 환영한다는 뜻으로.

그럼 이쯤에서 이 책을 읽을지 모를 헬린이 분들을 위해, 내가 헬린이 시절에 어떤 기준으로 헬스장을 골랐는지 그 팁을 좀 풀어보고자 한다. 누구든지 처음에는 '시설'에 현혹된다. 내가 처음 헬스를 하기로 마음먹었을 때, 나 역시 SNS에서 본, 소위 때깔 좋은 헬스장만 기웃거렸다. 그렇게 선택한 곳은 국내 몇 개 없는 운동 기구를 여럿 보유하고 있었고, 소속 트레이너 선생님들은 국내 보디빌딩 대회에서 우승한 경력을 가지고 있었다. 나는 부푼 가슴을 안고, 거금을 들여 그곳의 회원권을 결제했다.

역시 헬스장 분위기는 참 좋았다. 쾌적한 공간에 다양한 운동 기구 그리고 멋진 몸매를 자랑하는 회원들까지. 그런 곳에서 운동하고 있는 내 모습을 보니, 내가 인싸가 된 것 같았다. 그런데 이상하게 다니면 다닐수록 그 모든 게 부담스러워졌다. 우선 그곳에 오는 회원들은 복장부터 남달랐다. 하나같이 나이키 같은 유명브랜드의 운동복을 입고 왔다. 왠지 잘 갖춰 입지 않으면 헬스장 출입이 어려울 것 같은 분위기에 나는 잔뜩 위축됐다. 무엇보다 회원이 많다 보니, 개인 트레이너를 고용하지 않는 이상 트레이너의 관심을 받기가 어려웠다. 게다가 이런 유의 헬스장은 특정 지역에 몰려 있는데, 내 경우엔 헬스장과 집의 거리가 멀어서 피곤한 날이면 운동 갈 엄두가 나지 않는 것도 문제였다.

그렇다면, 내가 헬린이 시절로 돌아간다면 어떤 기준으로 헬스장을 고를지 생각해 봤다. 나는 무조건 집에서 가까운 '동네' 헬스장을 고를 것이다. 피곤을 업고 다니는 현대인에게는 한 블록의 거리조차도 블라디보스토크와 모스크바의 거리처럼 느껴진다. 자고로 헬스장은 무조건 집과 가까운 곳에 있을수록 좋다. 그래야 자주 가기 때문이다. "마을버스 타고 몇 정거장만 가면 되는데? 걸어서 10분이면 가는데?"라고 대꾸할 수 있지만, 절대 아니다. 내가 해봐서 안다. 헬스장에 가는 일이 외출처럼 느껴지면 헬스인이 되는 길이 요원해진다.

화려한 헬스장의 회원권이 만료되면서 나는 당시 살았던 원룸촌 주변의 헬스장으로 눈을 돌렸다. 대부분 낡고 허름했지만 필요한 기구는 모두 갖추고 있었다. 그리고 무엇보다 회원권이 저렴해 마음의 부담을 좀 덜 수 있었다. 반면 꼼꼼히 체크할 것도 있었다. 바로 운동 기구의 상태이다.

값비싼 기구는 많은데 먼지가 수북이 쌓인 곳보다 기구 종류는 단출해도 잘 관리되어서 윤기가 도는 곳을 선택해야 한다.

당시 내가 다녔던 곳은 헬스장이라기보다는 체육관에 가까운 곳으로 은퇴한 지 오래된 선수 출신의 관장님이 운영하는 곳이었다. 그곳에는 바벨과 덤벨, 스미스머신, 파워렉과 같은 기초 기구만 있었지만 운동하는 데 부족함은 없었다. 게다가 추가 비용을 내지 않았는데도 관장님께서 틈틈이 운동 자세를 교정해 준 덕분에 나는 제대로 운동을 배울 수 있었다(심지어 관장님이 안 계실 때는 평생 헬스만 해오셨을 것 같은 아저씨가 나타나서 내 자세를 교정해 주셨다!). 이건 동네의 작은 헬스장에서만 누릴 수 있는 이점이리라.

일주일 중 헬스장이 가장 붐비는 때는 월요일이다. 월요병으로 몸은 피곤하지만 주말에 이것저것 열심히 먹은 죄책감을 씻어내려는 배부른 죄인이 참배하는 시간이기 때문이다. 특히 벤치프레스 기구 앞은 영화관의 팝콘 가게처럼 장사진을 이룬다. 반대급부로 주말에는 헬스장이 비교

적 한산하다. 그래서 주말에 운동하는 사람을 보면 찐 헬스인인 경우가 많다. 몸이 어찌나 좋은지 주말만 기다려 온 눈치다. 특히 금요일에 퇴근 후 약속도 잡지 않고, 헬스장에서 운동하는 사람은 마치 고독한 수도승과 같다. 나도 혼잡한 헬스장을 피하고 싶을 땐 금요일이나 주말을 이용한다. 그럼 누구의 눈치도 보지 않고 여유롭게 운동을 즐길 수 있다.

처음 헬스장에서 운동을 시작하면, 대개 틀림없이 트레이너 선생님에게 PT Personal Training를 받기를 제안받을 것이다. "어떤 선생님으로 끊으시겠어요?" 마치 당연히 개인 트레이너를 고용해야 한다는 듯 물어본다. 이럴 땐 우선 단호히 거절하는 게 좋다. 요즘에는 내로라하는 트레이너가 유튜브로 강의를 해준다. 덕분에 과거에는 비싼 돈을 내야만 들을 수 있던 운동 강의를 무료로 들을 수 있다(나는 운동의 기본을 탄탄히 하고 싶을 때 〈보디빌더 김준호〉, 〈강경원〉 채널을 본다). 그래도 직접 일대일 레슨을 받고 싶은 헬린이라면, 입상 경력이 많거나 우람한 근육을 자랑하는 강사들보다는 소통하기 편안한 강사를 택하는 걸 추천한다. 그래야 괜한 스트레스나 부담을 덜고 운동할 수 있다.

한 가지 팁을 더 공유하면, 보통 헬스를 시작할 때 운동복은 이것저것 사는데, 보호대나 리프팅 벨트 같은 장비는 대수롭지 않게 여긴다. 흔히들 전문가나 그런 용품을 사용한다고 생각하기 때문이다. 그런데 그렇지 않다. 부상 위험은 헬린이에게 더 높다! 따라서 보호대는 필수로 준비해야 한다. 운동화도 정말 중요하다. 헬스는 발바닥의 접지력이 무척 중요한 운동이다. 어떤 기구든 다리와 발을 지지대 삼아 땅을 딛고 밀어 올리는 힘을 이용해 무거운 쇳덩이를 다루는 것이 관건이기 때문이다. 쿠션감 있는 육상화나 키 높이 운동화는 헬스와 어울리지 않는다. 내가 추천하는 운동화는 반스 단화다. 나이키 메트콘 제품도 좋지만 입문자에게는 비싼 감이 없지 않아 있다.

자, 이로써 모든 준비는 끝났다. 이제 자신감을 가지고 헬스장에 들어설 시간이다!

스쿼트, 벤치프레스, 데드리프트의 합주

드디어 헬스장에 입성했다. 어떤 운동부터 시작하면 좋을까? 헬스에는 3대 운동이 있다. 교과목에 국어, 영어, 수학이 있는 것처럼 웨이트 트레이닝에는 하체 운동인 스쿼트Squat, S, 가슴 운동인 벤치프레스Bench Press. B, 등 운동인 데드리프트Dead Lift, D가 있다. 영국의 문학비평가 윌리엄 해즐릿은 작가 윌리엄 셰익스피어의 위대함을 설명하며 이런 말을 남겼다. "천재의 힘을 알고 싶으면 셰익스피어의 작품을 읽어야 하고, 학식의 무의미함을 알려면 그의 주석자를 연구하면 된다." 내 식대로 고쳐 말하면, 헬스에서 3대 운동(일명 SBD로 칭하기도 한다)은 셰익스피어 4대 비극보다 중요하고, 그 밖의 운동은 3대 운동을 부연하는 주석에 불과하다. 3대 운동만 따로 측정하는 파워리프팅 대회가 있을 정도니 그 중요성을 미루어 짐작해 볼 수 있다.

그럼 3대 운동은 왜 중요할까? 이 세 종목은 단순히 신체 한 부위만 자극하는 게 아니라 신체 전반에 부하를 줄 수 있는 전신 운동으로 훈련 효과가 크기 때문이다(근육의 90%를 자극할 수 있는 정도다!). 헬스를 처음 할 때, 어깨나 팔처럼 작은 근육부터 단련하기 시작하면 운동이 늘지 않는다. 운동 효과가 큰 3대 운동을 익히면서 기초를 다져야 잠들어 있던 몸의 근육을 빨리 깨울 수 있다. 하체와 등, 가슴과 같은 큰 근육을 집중적으로 자극한 다음, 작은 근육을 단련하는 식으로 해야 한다. 보디빌더가 되는 게 목표가 아니라면 부위별로 갈라서 운동할 필요는 없다. 한 번에 여러 근육을 자극할 수 있는 3대 운동을 주로 하면서 시간 대비

최대의 운동 효과를 내는 걸 목표로 해야 한다(만약 비싼 개인 코치를 고용했다면 3대 운동부터 가르쳐 달라고 하는 게 돈 버는 길이다).

나는 월요일에는 벤치프레스, 화요일에는 데드리프트, 수요일에는 스쿼트를 한다. 목요일과 금요일에는 유산소 운동을 하거나 어깨나 복부, 팔처럼 작은 근육을 단련한다. 근데 그 무엇보다 중요한 건 어떻게든 일주일에 세 번 이상 헬스를 하는 것이다. 예를 들어, 첫날에는 가슴 운동을 하면서 어깨 운동 종목을 추가하고, 둘째 날에는 데드리프트를 하면서 턱걸이를 병행한다. 그리고 마지막 셋째 날에는 스쿼트와 함께 레그레이즈 같은 하체 운동을 섞는다. 운동 루틴에 따로 정답이 있는 건 아니지만 이렇게 3대 운동을 위주로 계획을 세우는 게 좋다.

무엇보다 효과적으로 운동하려면 운동량을 '차차' 늘리는 게 중요하다. 절대 서둘러 늘려서는 안 된다. 헬스에는 '점진적 과부하'라는 원칙이 있다. '점진적'이란 부담 없는 낮은 강도에서 시작해서 숨이 차고 몸이 달달 떨릴 정도의

운동의 참맛

높은 강도로 점차 수위를 높이는 원리를 말하며, '과부하'란 어제보다 나은 수준으로 운동해야 한다는 말이다. 우리 몸은 적응력이 뛰어나기 때문에 일정 무게와 운동량에 대한 적응이 끝나면 바로 운동 강도를 높여야 점진적 과부하에 다다를 수 있다. 그런데 이때 대부분의 헬린이가 '점진적'이라는 말뜻을 무시하고 의욕만 앞세워 운동 기구의 무게를 늘리다가 많이 다친다. 헬스 16년 차인 나도 컨디션이 별로인 날에는 운동 기구를 가볍게 하는데 말이다.

웨이트 트레이닝에서 핵심은 무거운 운동 기구를 들고 오랫동안 버티는 게 아니라 모든 근육에 적절히 자극을 주는 것이다. 나도 헬린이 시절에는 헬스장에서 뭘 하든 한 시간만 버티고 가자고 다짐했지만, 운동을 계속하다 보니 더 큰 근육이 갖고 싶어서 욕심을 부리며 운동 기구의 무게나 들어 올리는 횟수를 자꾸 늘렸다. 하지만 그렇게 하다 보니, 무게에 대한 집착은 더 심해지고 다치는 일이 잦아졌다. 보통 기구당 10회를 한 세트로 네다섯 세트씩 하면 적절하다. 이때 꼭 열 번을 다 채울 필요는 없다. 실패 지점까지 하면 되는데, 실패 지점이란 더는 기구를 들어 올릴 수 없는 때를 말한다. 그 지점까지 도달해야 근력이 만들어지므로 이를 악물고서라도 시도하는 게 좋다. 그렇게 하다 보면 쉽사리 들어 올리지 못했던 무게가 가벼워지는 마법 같은 순간이 찾아올 것이니, 기운 내시라!

나는 이제 막 운동을 시작한 지인들로부터 여러 질문을 받는데, 그중에서도 아침과 저녁 중에 언제 운동하는 게 효율적이냐는 질문을 많이 받는다. 나 같은 경우는 저녁에 하는 걸 선호한다. 저녁 6~7시는 헬스장이 가장 붐비는 시간대지만, 성장호르몬이 확 깨어난 때로 고중량으로 운동해도 체력이 끄떡없다. 직장인이라면 종일 일에 시달린 탓에 피곤한 때이지만, 한편으로는 관절과 근육이 어느 정도 풀린 상태라 운동하기에 적절한 몸 상태라고 할 수 있다. 물론 아침 운동의 장점도 있다. 일단 헬스장이 매우 한산하다. 그리고 무기력한 기운을 에너제틱하게 끌어올려 하루를 활기차게 시작하도록 돕는다.

다만 늦은 저녁에 하는 운동은 추천하지 않는다. 나는

야근으로 어쩔 수 없이 자정 무렵에 운동을 할 때가 종종 있는데, 그렇게 몸이 달뜬 상태로 집에 가면 잠이 오지 않는다. 근육 합성에는 숙면이 중요하니, 이런 경우에는 과감히 운동을 다음 날로 미루는 게 현명하다.

헬스뿐 아니라 모든 운동은 규칙적으로 해야 그 효과가 발휘된다. 예를 들어, 나는 평일 저녁에 무조건 헬스장에 간다. 물론 직장인에게 저녁 시간은 변수로 가득하다. 야근, 술 약속, 소개팅, 데이트 등. 이런 경우에는 선택을 해야 한다. 무엇을 우선순위로 둘 것인지 말이다. 나는 '운동'을 우선순위에 뒀다. 그래서 평일 저녁에는 (야근을 제외하고) 약속을 잡지 않는다. 순간의 유혹을 뿌리치지 못해 잡은 단 한 번의 약속은 그간 어렵게 쌓은 운동 루틴을 순식간에 무너뜨린다. 그래서 마음을 다잡아야 한다. 물론 그 덕분에 외로움은 짙어졌지만 내가 택한 외로움이니 기꺼이 받아들일 수밖에.

어떻게든 재미를 붙여 봅시다

　헬스인에게 운동복이나 보호대만큼 필수적인 게 있다. 바로 메모장이다. 매일 어떤 운동을 얼마만큼 했는지 기록하면, 몸의 변화를 한눈에 확인할 수 있어 운동에 재미를 붙이기도 쉽다. 나는 아이폰 메모장을 애용하는데, 헬스장에서 한 종목을 끝낼 때마다 체크를 하며 하루 목표치를 클리어한다.

　이렇게 운동 과정을 기록하다 보면, 생각보다 많은 걸

깨닫게 된다. 마치 바둑에서 대국이 끝난 뒤, 해당 대국의 내용을 점검하기 위해 순서대로 복기하는 것처럼, 기록을 통해 오늘 한 운동을 재연해 보는 과정에서 뿌듯함을 느낄 수 있다. 글로 복기하는 게 부담스럽다면 운동용 인스타그램 계정을 만들어 그곳에 운동하는 사진과 간단한 기록을 업데이트하는 방법도 추천한다. "벤치프레스 10×3, 밀리터리 프레스 12×3"처럼 간단히 적어 올리면, 다음 날 팔로워를 의식해서라도 적어도 어제만큼은 해내고 말겠다는 의지를 불태울 수 있다.

메모한다고 해서 계획을 철저하게 세울 필요는 없다. 계획은 되도록 성기게 잡는 게 스트레스를 덜 받는 방법이다. 헬린이라면 메모에 구애받기보다는 체력을 탈탈 털어서 운동하는 걸 우선시하는 게 좋다. 나도 초심자 때는 그랬다. 한번 헬스장에 가면 시간과 무관하게 온몸이 지쳐 쓰러질 때까지 했다. 아무래도 처음 운동하다 보니, 몸의 변화가 두드러지게 보여서 더 의욕이 생겼던 것 같다. 그러니 헬린이 때는 메모나 운동 계획에 얽매이지 말고 다치지 않는 선에서 몸의 한계를 시험해 보는 게 값진 경험이 되리라.

웨이트 트레이닝이 끝났다면 곧바로 샤워실로 가기보다는 가볍게 러닝이나 사이클로 운동을 마무리하는 게 좋다. 나는 야외에서 달리는 걸 선호하지만, 여의치 않을 땐 러닝 머신이라도 한다. 근력 운동 후 달리기는 몸에 저장된 탄수화물을 근육으로 만드는 걸 도와 체중 감량에 효과적이다. 뛰는 속도는 월요일 아침 출근길의 발걸음 정도면 충분하다.

운동이 끝나면 그날 낑낑대며 한 게 아까워서 단백질 섭취에 집착할 수밖에 없다. 근력 운동 후 30분 이내에 단백질 식품을 먹어야 근육 합성이 잘된다는 속설이 있지만 이는 사실무근이다. 근력 운동 후 단백질을 섭취하는 게 근육 형성에 도움이 되는 건 맞지만, 운동 직후에 단백질을 섭취해야만 더 큰 효과를 볼 수 있다는 건 과장된 말이다.

이건 기억의 문제다. 운동하고 나서 바로 단백질 음료를 챙겨 먹지 않으면 금세 잊어버리기 때문이다. 인간은 망각의 동물 아닌가! 운동 직후에 챙기지 않으면 꼭 잠들기 전

운동의 참맛

침대에서 생각난다. '아, 내 프로틴…!' 그런데 한편으로는 단백질에 집착하기보다는 평소 건강하게 먹는 게 더 중요하다. 우선 근육량이 너무 적고 몸무게가 과하다 싶으면 군것질과 식사량을 줄여야 한다. 반대로 너무 말라서 체중과 근육량을 늘리고 싶다면 평소보다 고기와 채소를 더 챙겨먹으면 된다. 닭가슴살에 방울토마토 같은 엄격한 식단은 우선 웨이트 트레이닝에 완전히 익숙해지고 나서 고려해볼 문제다. 건강한 식단을 유지하는 일은 생각보다 가혹하다. 밤마다 먹방 유튜브를 보면서 포효하는 사람이라면 개인 코치의 도움을 받는 게 유리할 수도 있다.

운동에 재미를 붙이고 싶다면, 롤모델을 만드는 것도 좋은 방법이다. 내 경우에는 회사 동료 중에 헬스에 미친 선배가 있어서 그와 함께 움직이면 됐지만, 혼자서 헬스를 시작하는 경우라면 좋아하는 보디빌더의 유튜브를 구독하는 걸 추천한다. 본보기의 일거수일투족을 따라 하다 보면, 생각 외로 얻게 되는 정보가 많다. 이때 한 가지 팁은 나와 체형이 비슷한 사람을 롤모델로 세우는 걸 추천한다.

나는 키가 작고 보디라인이 두꺼워서 나와 비슷한 김성환 선수를 본으로 삼았다. 그를 닮고 싶어서 그의 운동법과 식사법을 죄다 베꼈다. 롤모델과 체형이 비슷하면 아무래도 운동할 때 도움이 많이 된다. 몸의 움직임이 유사해 운동법이 쏙쏙 이해되기 때문이다. 그리고 닮고 싶은 사람이 생기면 혼자 헬스장에 가도 둘이 함께 운동하는 기분이 든다. 그가 운동과 식단으로 고생하는 모습을 보면 내 입맛도 싹 달아난다. 그가 운동한 덕분에 체력이 좋아져 기뻐하면 나도 덩달아 운동하고 싶은 욕구가 요동친다. 이 과정으로 지리멸렬하고 따분하던 운동 시간이 점점 소중하게 느껴진다.

난 헬스장 밖에서도 운동을 즐긴다. 여러 운동 유튜버와 인플루언서의 채널을 구독하고 그들이 올리는 콘텐츠로 헬스에 관한 정보를 얻으며 관련 밈과 농담거리를 즐긴다. 그리고 무엇보다 그들이 낑낑대며 운동하는 걸 보면서 동기 부여를 받는다. 헬스 유튜버는 전문 보디빌더는 아니지만 헬스와 관련된 다채로운 콘텐츠를 찍어 올린다. 난 윤성빈, 김종국, 김달걀, 권혁, 말왕, 핏블리와 같은 유명한 유튜버의 채널을 구독하는데, 그들이 하는 얘기를 들으며 집 안 청소를 하고, 설거지를 하고, 빨래를 갠다. 그들 덕분에 헬스는 무엇보다 즐거워야 한다는 걸 알았다. 언뜻 보면 헬스장에서 쇳덩이와 씨름하는 근육맨들이 다소 험악하고 단순해 보일 수 있어도, 그 내막을 들여다보면 그 누구보다 부지런하고 성실하게 사는 사람들이라는 걸 알 수 있다.

그들은 식단부터 운동 루틴 그리고 생활 습관까지 내가 뼛속부터 운동인이 될 수 있도록 이끌어줬다. 그것도 전혀 지루하지 않고 재미있게! 내가 그들에게 줄 수 있는 건 고작 '구독과 좋아요 그리고 알림 설정'뿐이다. 나는 그들에게 빚지고 있는 셈이다.

가슴 근육이 보이는 그날까지

월요일엔 벤치프레스를 한다. 딱히 이유가 있는 건 아닌데, 내 주변 헬스인은 죄다 "월요일엔 가슴!"이라고 힘주어 말한다. 내로라하는 보디빌더들도 월요일에는 대표적인 흉부 운동인 벤치프레스를 가르친다는 말을 심심찮게 한다. 그 이유가 궁금해 주위에 물어봤지만, 속 시원한 답을 들을 수는 없었다. 마치 대한민국 헌법 제1조 2항 "대한민국 주권은 국민에 있고, 모든 권력은 국민으로부터 나온다"

처럼 너무 익숙해져서 누구도 더는 이유를 묻지 않는 일반 상식으로 굳어진 듯하다.

추측건대 월요일에 가슴 운동을 하는 이유는 누워서 할 수 있기 때문이다. 벤치프레스는 벤치에 누워 바벨이 달린 무거운 봉을 가슴 위로 있는 힘껏 밀어 올리는 동작이다. 이유야 어찌 됐든 퇴근하고 헬스장에서 누울 수 있다는 건 큰 위로다. 월요병으로 잔뜩 위축된 채 출근한 일주일의 첫날 아닌가. 정신 차릴 새도 없이 하루를 보내고 주간에 해치워야 할 업무를 줄줄이 받아 든 채 퇴근했을 게 뻔하다. 이런 혹독한 월요일에 퇴근 후 바로 침대로 뛰어들고 싶은 유혹을 무릅쓰고 헬스장에 왔다는 사실만으로 칭찬받아 마땅하다. 그런데 이상하게 열심히 하고 싶은 생각은 들지 않는다. '뭐, 할 때 하더라도 좀 멍때리는 건 괜찮잖아?' 이때 딱 어울리는 게 벤치프레스다. 다들 나와 같은 마음인지 월요일만 되면 벤치프레스 머신을 차지하기 위한 회원들의 눈치 싸움이 극에 달한다.

오늘은 다행히 헬스장에 일찍 도착해서 벤치프레스 머

신 주변이 한산하다. 운동 전 몸을 푼다는 구실로 벤치에
누워서 이런저런 생각을 했다. 그 짧은 시간에도 잠시 눈을
감고 저녁에 뭘 먹을지 고민했다. 이어서 밥 먹고 들를 커
피집을 정하고, 내일 출근하고 나서 상사에게 보고할 내용
도 생각했다. 눕고 보니 골치 아프게 여겨졌던 일들이 별거
아닌 것처럼 느껴졌다. 데카르트도 누워서 수학 문제를 풀
었다더니 몸을 수직에서 수평 자세로 놓으니 세상이 달리
보인다. 미켈란젤로도 시스티나 성당에서 눕지 않았다면
그토록 아름다운 천장화를 그릴 순 없었을 것이다. 내 방 침
대보다 편안한 벤치 위에 누워 숨을 몰아쉬며 호흡을 가다
듬었다. 멜론으로 아드레날린을 폭발시켜 줄 노래를 골랐
다. 기분 좋은 음악은 자신감과 용기를 북돋아 주니까. 소
마가 재달과 함께 부른 〈HOME〉이라는 노래를 골랐다. 바
벨 봉을 강하게 움켜쥐고 배에 힘을 준 채 벤치프레스를 시
작했다.

　첫 세트를 해내고 나니 그다음 세트는 어렵지 않았다.
오늘은 노래 덕분에 확실한 운동 효과를 체감할 수 있었다.

운동의 참맛

운동할 때 듣는 노래의 비트가 꼭 빠를 필요는 없다. 서정적인 멜로디도 몸을 움직이게 한다. 〈HOME〉 가사엔 이런 구절이 있다. "넌 높은 담을 넘어 벽을 부수고 날 들어 올려 한 손에 쥐어 들어." 난 달콤한 목소리에 취해 가사처럼 벽을 부술 기세로 바벨 봉을 들어 올렸다. 있는 힘껏 숨을 참고 가슴팍에 힘을 준 채 온 힘을 다했다. 종일 이리 치이고 저리 치여서 축 늘어진 몸에 피가 돌면서 관능적인 기분을 느꼈다.

한 세트가 끝날 때마다 3분씩 휴식을 취했다. 쉴 땐 몸을 푸는 게 좋지만, 보통은 휴대폰을 붙들고 인스타그램을 한다. 막간을 이용해서 해시태그로 #benchpress를 검색했더니, 전 세계 헬스장에서 벤치프레스로 한 주를 시작하는 무수한 헬스인을 만날 수 있었다. 다들 나보다 더 무거운 무게를 들며 건장한 체격과 강한 근육을 뽐냈다. 그보다도 내가 인스타그램 속 헬스장을 보면서 가장 부러웠던 건 회원들의 남녀비율이었다. 내 주변에는 온통 골격근 냄새만 진동하는 수컷들과 족히 30년은 쇠와 씨름해 온 것 같은 어르

신들뿐인데 인스타그램 속 헬스장에는 웬일인지 여성이 더 많아 보였다. 난 태평양 건너에 있는 남성 헬스인에게 질투와 시샘을 느끼면서 바벨을 하나 더 끼우고 다음 세트를 이어갔다. 그들의 우람한 근육에 승부욕이 발동한 나는 몸을 바들바들 떨면서 100킬로그램이 넘는 쇳덩이를 들어 올렸다. 조금 무리했나 싶더니 허리뼈가 뻐근해졌다.

내가 월요일에 벤치프레스를 즐겨 하는 이유는 또 있다. 바로, 운동 효과가 바로바로 눈에 보이기 때문이다. 운동을 오래 해도 몸에 근육을 만들기란 쉽지 않은데, 벤치프레스는 한 만큼 가슴 근육이 생긴다. 닭을 산 채로 잡아먹을 것 같은 표정으로 가슴에 힘을 주고 바벨 봉을 들어 올리면 조금 전과는 달리 빵빵해진 가슴이 바로 눈에 띈다. 그래서 다른 부위에 비해 제법 운동한 티가 난다. 평소 입던 티셔츠가 타이트해지면서 자신감도 급상승한다.

거울 속 내 모습이 멋져 보이면 비로소 내가 근육을 얻었다는 실감에 신이 난다. 샘 멘데스 감독의 영화 〈아메리칸 뷰티〉를 보면 매사 무기력하고 직장에서는 무시당하는 집안의 가장 레스터가 벤치프레스를 하는 장면이 인상적으로 그려진다. 그는 어느 날 직장을 때려치우고 딸 친구에게 첫눈에 반하면서 삶의 활력을 되찾는다. 아내는 바람났고, 앞으로 뭘 해야 할지 가늠도 할 수 없지만 그는 아랑곳하지 않고 웃통을 벗고 벤치프레스를 하며 득의만만한 미소를 지어 보인다. 〈아메리칸 뷰티〉는 미국 중산층이 몰락해 가는 과정을 보여주는 영화이지만, 내가 보기에는 넓어진 가슴이 자존감에 얼마나 큰 영향을 끼치는지 보여주는 이야기이기도 하다. 레스터가 운동 후에 대마초 대신 단백질 보충제 두 스푼을 저지방 우유에 넣고 흔들어 마셨다면 보디빌딩 권장 영화로도 손색이 없을 정도다.

어느새 벤치프레스 다섯 세트에 접어들었다. 몸이 달달 떨릴 정도로 부담스러운 중량을 기구에 매달고 밀어 올리자, 전신에 부하가 걸리는 게 느껴졌다. 머리가 띵해지면서 얼굴이 벌게졌다. '오늘은 여기까지 해야겠어.' 내가 자리를 뜨자 곧바로 한 청년이 벤치프레스 기구에 발라당 누웠다. 그 역시 굴러 떨어지는 바위를 산 정상으로 무한 반복적으로 밀어 올려야 했던 시시포스처럼 계속 가슴을 자극했다. 이번 주 월요일에도 어김없이 벤치프레스 기구 옆으로 사람들이 어슬렁거렸다.

운동의 참맛

피지컬 아저씨의 필수 루틴

누군가가 내게 취미가 뭐냐고 묻는다면, 글쓰기와 헬스라고 답할 것이다. 내게 글쓰기가 '관념'의 세계라면, 헬스는 중세 기사의 마상시합처럼 승패가 명백히 드러나는 '구상'의 세계다. 드느냐, 혹은 못 드느냐. 가령 오늘 100킬로그램 바벨을 8회씩 6회 들었는데, 간단한 산수로 내가 들어낸 중량을 수치화할 수 있다(그래서 난 글을 쓰다 허공에 아웃복싱하는 기분에 시달릴 때면 헬스장으로 간다).

헬스는 글쓰기와 달리 결괏값을 바로 보여준다. 거울에 비친 내 몸뚱이에 고스란히 드러나니까. 기구에 바벨을 하나 더 끼우고 운동하면 허벅지가 날렵해진다. 자기 전, 냉동실에 있는 비비고 군만두를 외면하면 다음 날 배가 좀 더 들어가 있다. 내가 두 시간을 공들여 쓴 글은 클릭 한 번에 휴지통으로 사라지지만, 바쁜 시간을 할애해 만든 근력은 틀림없이 내 몸 어딘가에서 나의 하루를 지탱한다.

자 그럼, 월요일이 앞태를 만드는 날이었다면, 화요일은 뒤태를 관리하는 날이다. 탄탄한 등과 엉덩이 그리고 허벅지에 가장 효과석인 운동은 단연코 데드리프트다. 데드리프트는 몸 전체에 힘을 주고 무거운 쇳덩이를 땅에서 뽑아 올리는 동작이다. 트레이너가 꼽는 최고의 전신 운동 중 하나로 알려져 있다. 스쿼트처럼 온몸을 자극하는 데다 고중량을 다루면서 우리 몸을 지탱하는 척주기립근과 코어근육을 키워주기 때문이다.

처음 데드리프트를 했을 땐 죽을 듯 힘이 들어서 '데드 dead'란 이름이 붙은 줄 알았는데, 알고 보니 죽은 물체같이 무거운 쇳덩이를 땅에서 들어 올리는 동작이라서 붙은 호칭이었다. 꿈쩍도 안 할 것 같은 쇳덩이를 땅에서 허벅지까지 들어 올리는 동작은 마치 밭에서 무를 뽑는 것처럼 보인다. 언뜻 봐서는 별거 없는 동작으로 보이지만, 마치 바위에 꽂힌 엑스칼리버를 뽑는 아서왕이라도 된 듯 머리부터 발끝까지 온 힘을 집중시켜 눈알이 튀어나올 듯 힘을 줘야 한다.

오늘은 점심시간에 짬을 내 헬스장에 다녀왔다. 오전 내내 바빴던 터라 커피잔에 코 박고 쉬려 했지만, 어제 먹은 치킨이 아직도 배 속에서 포화지방을 만들고 있었다. 어쩔 수 없이 헬스장에 출석했다. 이를 꽉 물고 바벨봉을 잡고선 데드리프트를 했다. 잠들어 있던 세포가 일제히 봉기하면서 송장 신세를 면했다. 중세 기사는 십자군 전쟁을 위해 갑옷을 걸쳤지만, 나는 리프팅 벨트와 무릎 보호대를 몸에 두르고 기껏해야 단백질 음료나 마시면서 앓는 소리를 냈다. 쇳덩이와 물아일체가 된 내 몸은 점점 뜨거워졌고, 강렬한 힙합 비트가 귀에 쫙쫙 달라붙었다. 세트를 끝낼 때마다 허리에 손을 올리고 헬스장 벽에 붙어 있는 "고통을 단련하라"는 문구를 뚫어져라 쳐다봤다. 파워에이드 광고라도 찍는 것처럼 몸을 웅크리며 숨을 몰아쉬다가 샤워실로 향했다. 내가 이렇게 데드리프트를 열심히 하는 이유는 멋진 뒤태를 만들기 위해서이기도 하지만, '사무직' 직장인이기 때문이다. 사무직이라면 척추가 바로 서 있어야 의자에 오래 앉아 있을 수 있는데, 데드리프트는 척추를 바로 세우는 데 최고의 운동이라고 할 수 있다.

넷플릭스 드라마 〈하우스 오브 카드〉에서 주인공 프랜시스는 고위 정치인으로 권력에 대한 야심으로 가득 차 매일 혈전을 치르며 산다. 살인과 음모, 배신과 암투, 묘략과 획책 등 내가 아는 무서운 짓만 일삼는 인물이다. 전쟁 같은 하루를 가까스로 보내고 집으로 돌아와도 아내인 클레어가 힐러리를 능가하는 야심으로 남편의 숨통을 조인다. 이렇게 안팎으로 고단한 프랜시스의 하루 일과는 드라마 〈24〉의 잭 바우어 못지않게 촘촘하다. 이쯤에서 다섯 개 시즌을 치르고도 건재한 프랜시스의 체력 관리 비결이 궁금

하지 않을 수 없다. 홍삼이나 녹용 같은 보양식을 먹나 했더니 로잉머신이 비결이었다. 그는 새벽에 귀가해도 잠자리에 들기 전 로잉머신에 오른다. 〈하우스 오브 카드〉에는 노령의 정치인이 어쩜 그리 정력적일 수 있는지 증명이라도 하듯 매화 빠짐없이 로잉머신 장면이 들어가 있다. 실제로 이 드라마가 방영된 이후에 미국에서 로잉머신의 판매량이 급증했다고 한다.

이번 주에도 지난주처럼 등 운동을 무사히 마쳤다. 울퉁불퉁 올록볼록한 헬스 인플루언서의 피드를 보면서 참을 수 없는 조바심을 느꼈지만, 이내 마음을 가다듬고 메모장을 열어 내일의 운동 계획을 적었다. 내일은 하체를 단련할 생각이다. 주중 가장 힘들다는 수요일, 까딱 잘못하다가는 지쳐 나자빠지기 마련이니 각오를 단단히 붙들어야 한다. 다짐하듯 굵고 큰 폰트로 바꿔 적었다. "하체는 무조건 빡세게, 곡소리 나게!"

지옥의 스쿼트, 허잇짜!

엉뚱한 상상을 해본다. 누군가가 내게 평생 한 가지 운동만 해야 한다고 으름장을 놓는다면? 말도 안 되는 소리라고 펄쩍 뛰다가 난 기어들어 가는 목소리로 "스쿼트…"라고 대답할 것이다. 스쿼트는 하체 운동의 꽃이자 전신에 부하를 줄 수 있는 몇 안 되는 고중량 운동 중 하나다. 몸을 전체적으로 두텁고 탄탄하게 만들고 싶다면 무조건 스쿼트를 해야 한다. 인체에 있는 근육 7할이 하체에 몰려 있으니

운동의 참맛

그 중요성은 두말할 것도 없다. 그래서 스쿼트를 하는 날은 일주일 운동의 성패를 결정하는 헬스의 정점이다.

하체 운동은 엄청난 강도와 통증을 유발해서 아무리 해도 익숙해지지 않는다. 언제나 힘에 부치고 가혹한 기분이 들어서 도망치고 싶어진다. 스쿼트를 제대로 하면 앓는 소리가 절로 나온다. 땀이 비 오듯 쏟아지는 건 덤이다. 심하면 현기증이 나면서 속에서 쓴물이 올라와 메슥거린다. 내가 몸을 제대로 단련하고 있다는 걸 각인시켜 주는 운동의 참맛이다.

그런데 스쿼트를 꾸준히 하다 보면 헬스에 재미를 붙일 수 있다. 하체가 두꺼워지면 몸이 좋아질 확률이 높고, 다룰 수 있는 바벨 중량이 늘어나기 때문이다. 하이라이트는 스쿼트를 한 다음 날이다. 출근길 지하철 계단을 오르내릴 때 만신창이가 된 허벅지와 엉덩이가 비명을 지른다. 계단을 한 층씩 오를 때마다 근육 세포도 하나씩 봉기하는 걸 느낀다. 그간 짓눌렸던 지방 덩어리가 찢어지고, 그 자리에 요구르트 윌에 든 유산균 캡슐보다 더 딴딴한 단백질 알갱이가 콕콕 박히는 과정이다. 전문 용어로 '초과 회복'이라고 부르기도 하는데, 상처 난 근육이 아물면서 다음에는 이번보다 아프지 말라고 근육 세포가 덧대어지는 원리다.

근데 한편으론 이런 생각도 든다. 인위적으로 근육에 상처를 내서 내성이 생기도록 하는 건 사기 같기도 하다. 게다가 자해 공갈로 보이기도 하는데, 그래도 한번 좋게 해석해 보자. 근육에 일부러 상처를 내는 건 노화에 대놓고 반항심을 보이는 항거 행위와 같다. 안티에이징이 시대적 모토가 된 마당에 근육으로 만든 탄탄한 육체의 이데올로기를 답재하련 몇 조각 뜯어먹고 방치한 파전처럼 눅눅해진 내 자존감도 쉽게 회복할 수 있을 것이다.

이번 주 수요일도 어김없이 헬스장을 찾아 파워렉 앞에 섰다. 군대 영장을 받아 든 심경으로 첫 세트를 준비하는데 멀찍이서 누군가가 나를 쳐다보는 게 느껴졌다. 빅뱅의 뮤직비디오에 나올법한 건들거리는 청년이었다. 봉에서 바벨을 하나 빼려다가 자존심상 스쿼트 무게를 좀 더 올렸다. 컨디션이 별로였지만 결코 약한 모습을 보이기 싫었다. 헬스는 자기와의 싸움이라더니 난 고새 그걸 잊고 남에게 과시하기 위해 몸을 움직였다.

괄약근과 배에 힘을 꽉 주고 스쿼트를 시작했다. 고통과 저항이 공존하는 공개 시험대에 나를 내던졌다. 다리가 풀리는 걸 가까스로 참아내며 겨우 다섯 개를 채웠다. 근데 나를 향해 있는 줄 알았던 청년의 시선이 내 옆자리에 머무는 걸 눈치챘다. 내 옆에는 나보다 바벨을 30킬로그램쯤 더 끼우고도 힘든 기색 없이 스쿼트를 열 개씩 하고 있는 무림고수가 있었다. 세상에는 날고 기는 강자가 너무 많다. 난 조용히 바벨을 두 개씩 빼고 내 페이스를 찾았다. 그리고 속으로 되뇌었다. '겸손히 하자, 겸손히.' 조금 무리했더니 힘이 빠지는 속도가 더 가팔라졌다. 내게 가해지는 중력 가속도가 $9.8m/s^2$를 초과해 나를 주저앉힐 기세였다. 절로 혼잣말이 나왔다. '고마해라. 할 만큼 했다 아이가.'

머리가 핑 도는 것을 참고 짐을 챙기려던 차에 스판덱스 여신이 사라진 자리에 나와 동년배로 보이는 콧수염 아저씨가 물통과 벨트를 내려놓았다. 모두 값비싼 장비들이었다. '장비발이나 내세우는 촌뜨기구먼. 뭐든 장비 탓으로 돌리고픈 그 마음 내가 잘 알지. 저 콧수염은 또 뭐래.' 그의 몸은 태닝 기계에 초벌구이한 듯 까무잡잡했고, 무슨 식용유를 처발랐는지 번들거렸다. 콧수염은 관리가 부실해서 어제 〈라디오스타〉에서 본 김흥국 아저씨의 것과 비슷해 보였다.

그는 몸을 풀면서 지나치게 인위적인 미소를 지어 보였다. 왜 저러나 싶어 봤더니, 거울 속 제 모습에 만족하며 띤 미소였다. 그리고 분명히 누군가를 의식한 표정이었다. 그는 130킬로그램짜리 바벨을 끼우고 스쿼트를 시작했다. 내 바벨이 120킬로그램이라는 걸 보고 하나 더 끼운 게 분명했다. '한번 해보자는 거지? 바로 옆에서 하는 것도 못마땅한데 감히 무게를 하나 더 끼워?' 어느새 분위기가 후끈 달아올랐다. 이어폰에서 흘러나오던 래퍼 창모의 래핑이 내 남성 호르몬에 마라향을 첨가했다. 어느새 그와 나만 남겨진 오징어 게임이 되어버렸다.

그가 한 번 들어 올리면 나는 한 번 더 들어 올리고, 그가 다음 세트에 무게를 늘리면, 나도 덩달아 바벨을 끼워서 우위를 점했다. 그는 나와 동종이었다. 어디서든 경쟁을 모토로 삼고, 승부에 접어들면 바로 《삼국지》의 관우가 되어버리는 미련한 유형. 그는 세트가 끝날 때마다 거울 앞에서 어색한 포즈를 취하며 날 메슥거리게 했다. 턱을 살짝 들고 인스타그램용 사진을 찍는 꼴불견 행위도 서슴지 않았다. 국회의원 선거 포스터에서나 볼 법한 표정을 짓고 수도 없이 포즈를 취하는 게 꼭 나를 도발하려는 것 같았다. 그렇게 싸움을 걸면 나는 받아들일 수밖에 없다.

묘한 긴장감 속에 난 내일 걸 수 없을지도 모른다는 위기감에 휩싸였다. 더는 이어가지 못할 타이밍에 다행히도 그는 에어팟을 귀에 꽂은 채 누군가와 통화를 시작했다. '내가 이겼다!' 난 그의 도망을 즐겼다. 거울에 몸을 기대고 앉아 숨을 몰아쉬었다. 그는 남부끄러운 줄도 모르고 큰 목소리로 여자친구와 스무고개를 시작했다. 그가 하는 이야기란 놀라울 정도로 전형적이었다. 자신이 운동을 얼마나 좋아하는지, 오늘 자기를 괴롭힌 상사가 얼마나 못됐는지,

롤렉스 시계를 어떻게 싸게 샀는지, 대학 시절 룸메이트를 우연히 만났는데 자신과 달리 폭삭 늙어버려서 놀랐다든 지. 그는 점점 더 크게 떠들기 시작했다. 절로 타이레놀을 찾게 하는 허세였다.

내 하체는 분노로 점점 더 부풀었다. 콧수염 아저씨의 요란한 기합과 신음소리를 견디며 마지막 힘을 짜냈다. 관세음보살에 가까운 초탈한 표정으로 운동을 마쳤다. 그 덕분에 평소보다 30분 더 운동했다. 허리가 쿡쿡 쑤셨지만, 그간 느껴보지 못했던 허벅지의 자극에 만족스러웠다. 난 벨트를 어깨에 걸치고 승리자의 뒷모습을 남기며 자리를 떴다. 다음에 또 그를 마주친다면 같이 짝을 이뤄서 해보자고 할 생각이었다. 샤워실로 향하는데 내 뒤로 보이는 거울 속 그가 날 노려보고 있었다.

이와는 별개로 운동할 때 짝을 이룰 동료가 있으면 좋겠 단 생각이 들었다. 예전에 함께했던 회사 동료 경찬이와 원도가 떠올랐다. 나는 요즘 소란이 필요한 시기를 겪고 있다. 하체 근력에 관한 글을 쓸 게 아니라 운동을 마치고 함께 치맥을 하며 웃고 떠들 동료가 필요했다. 이런 울적한 마음은 대도시의 고독이라고 아무리 우겨대도 별로 나아질 게 없는 헬스인의 외로움이었다.

집으로 가 몸을 뉘었다. '침대에 그대로 뻗어버렸다'는 표현이 더 맞을 것이다. 〈데브스〉라는 드라마를 틀었다. 미래 사회를 그린 SF물인데 등장인물 모두가 근육 하나 없이 슬림했다. '미래에는 스쿼트도 안 하나.' 나는 등 뒤에 베개를 괴고 화면만 하염없이 바라봤다. 편의점에서 사 온 비빔밥 그리고 후식으로 먹을 아몬드를 늘어놓고 미래 사회의 살풍경한 청사진을 눈에 담았다. 그러니까 미래에는 기계가 체중 조절도 해주고, 아몬드 스물다섯 알을 챙겨 먹지 않아도 알약 하나만 먹으면 되는 세상이 오는구나. 정말 그런 세상이 오면 난 헬스장에 가지 않게 될까.

나는 동공만 열어둔 채 입맛을 다시며 잠에 빠져들었다. 머릿속은 차츰차츰 뒤안길로 물러났고, 풀려가는 눈은 하루의 끝을 반갑게 맞이했다. 그러다 불현듯 놀라 얼른 일어났다. '아 제기랄. 프로틴 먹는 걸 까먹었네. 운동 마치고

30분 안에 먹어야 하는데!' 나는 용수철처럼 침대에서 튀어나와 냉장고에서 우유를 꺼내 초콜릿 맛 프로틴 두 스푼을 넣어 마셨다. 아이허브에서 7만 원 넘게 주고 산 독일제 농축 단백질 가루였다. 누군가 이런 건 선수들이나 먹는 거라고 했지만, 자고로 운동은 먹는 게 다라서 나도 프로의 마음가짐으로 샀다. 마음은 선수 못지않으니까. 옷을 벗고 거울을 보며 몸 구석구석을 체크했다. 허벅지밖에 보이지 않을 정도로 대퇴부 근육이 부풀어 있었다. 어쨌든 오늘 내하체는 수요일을 버텨냈다. 내일은 달리기를 해볼 생각이다. 헬스장 대신 천변으로 나가 바깥 공기를 쐴 예정이다.

뛰어야 사는 남자

    오늘은 목요일. 퇴근하자마자 집 근처 천변으로 향했다. 매주 목요일은 헬스장 대신 야외에서 신선한 공기를 쐬는 날이다. 개천가 곳곳에 철봉과 평행봉이 있어서 우선 턱걸이로 몸을 풀었다. 기분 좋은 자극이 등허리에서 느껴졌다. 우선 철봉에 매달려 건어물처럼 몸을 늘어뜨리고 몸을 스트레칭했다. 다행히 오전부터 억수같이 내리던 비가 퇴근할 무렵에 개었다. 희미하게 안개가 끼어 있었지만, 공기가 선선한 게 뛰기에 딱 좋은 날씨였다.

부지런한 러너들은 일찌감치 나와서 몸을 풀고 있었다. 나도 유럽의 운하를 산책하는 기분으로 슬슬 몸을 풀었다. 에어팟을 귀에 꽂고 베토벤 현악 4중주 14번을 틀었다. 날렵한 제1 바이올린이 적막을 깨고 완만한 선율로 내 발걸음을 재촉했다. 막 장마가 끝난 무렵이라 하루살이와 초파리가 많았지만, 마스크를 쓰니 신선한 공기만 코와 입으로 들락거렸다.

개천 다리 밑에서 열리는 러닝크루 정기 모임에 시간 맞춰 도착했다. 100명도 넘는 회원 수를 자랑하는 러닝크루답게 벌써 수십 명이 나와 있었다. 내가 이 크루에 참여한 지 벌써 1년이 지났다. 일정 정도의 소명 의식을 가지고 클럽을 운영하는 스텝들은 다정하고 친절하며 무엇보다 힘이 넘친다. 운동 좋아하는 사람 중에 나쁜 사람은 없다는 막연한 믿음을 가진 나로서는 무뚝뚝한 나와 기꺼이 뛰어주는 그들의 다정함에 늘 고맙다. 러닝크루 덕에 사막 같은 한 주에 목요일은 오아시스 같다.

크루원이 다 모이기가 무섭게 다들 몸을 풀고 달릴 준비를 했다. 나는 맨 뒷줄에서 나이키 러닝 앱을 켜고 달리기 시작했다. 속보로 시작해서 조금씩 스퍼트를 올렸다. 안면을 튼 옆 사람에게 요즘 근황을 묻기도 하고, 나라 돌아가는 꼴에 관한 얘기도 나눴다. 고작 일주일에 한 번 개천에서 보는 사이지만 신변잡기에 가까운 말로 생활감을 공유하다 보니 무척 즐거웠다. 아마 길거리에서 마주치면 서로 알아보지 못할지도 모르지만, 그런 느슨한 거리감이야말로 러닝크루를 선호하는 이유이기도 했다. 이런 너무 멀지도 가깝지도 않은 거리감은 복닥거리는 사무실에서 치여 사는 내게 안정감을 준다.

어느새 크루는 반환점을 돌며 스퍼트를 좀 더 올렸다. 숨이 가빠지고 맥박이 팔딱였다. 개천 공원 잔디밭을 뒹구는 레트리버 옆으로 흰하게 뚫린 러닝 코스가 한눈에 들어왔다. 옆에서 리더가 구호를 내리자, 우리는 소리를 지르고 내달리기 시작했다. 난 구호가 잘 들리지 않아서 대뜸 고릴라 함성으로 화답했다. "우어어어!" 발정기의 오랑우탄처럼 신이 났다. 무거운 몸을 이끌고 뛰러 나온 내가 무척 어여뻤다. 주말로 다가서는 목요일 저녁인데 술 약속도 마다하고 이렇게 뛰고 있으니 얼마나 대견한가!

사위가 어둑해지면서 밤안개로 자욱한 공기와 부드러운 땅의 숨결이 내 코로 들어왔다. 뻣뻣하게 굳어 있던 몸이 부드러워지면서 정신이 더욱 명료해졌다. 몇 년 전만 해도 나는 오직 헬스만 하는 사람이었다. 누가 유산소 운동은 안 하냐고 물으면 근손실 온다며 손사래를 쳤다. 한편으론 내심 달리기를 무시했던 것 같다. 왠지 마라톤은 삐쩍 마른 사람들만 하는 운동처럼 보였날까. 그게 아니면 어르신이 목에 수건을 두르고 하는 경보 정도로 여긴 것 같기도 하다. 하지만 2년 전 우연한 기회에 러닝크루에 참여하면서 모든 게 달라졌다.

한마디로 내달리는 기분에 사로잡혔다. 몸으로 지면을 밀고 나갈 때 온몸 구석구석으로 피가 도는 게 느껴질 정도로 원초적인 쾌감을 느꼈다. 그동안 이런 기분을 모르고 살았다니 억울할 정도였다. 헬스장 러닝머신에서는 결코 느

운동의 참맛

낄 수 없는 직선의 쾌감이랄까. 러닝을 꾸준히 하면서 오히려 헬스의 수행 능력이 더 좋아졌다. 심폐지구력이 좋아지면서 고강도 근력 운동도 거뜬히 소화할 수 있게 된 것이다. 그렇게 난 매주 뛰어야 사는 사람이 되었다.

코스 막바지에 다다르자 차가운 저녁 바람이 벌겋게 달궈진 내 이마와 볼을 식혀 주었다. 고개를 뒤로 젖히고 손을 활짝 벌렸다. 에어팟에서 흘러나오는 ⟨I Believe I Can Fly⟩를 따라 흥얼거렸다. 이제 훨훨 날 수 있다고 부르짖는 R. 켈리의 노랫말은 위대한 러너를 향한 찬양가처럼 느껴졌다. 1992년 바르셀로나 몬주익의 영웅 황영조 선수에 빙의해서 막판 스퍼트를 감행했다. 무리했나 싶더니 늑골 아래가 쿡쿡 쑤셔왔다. 고대 올림픽 마라톤 거리는 42,195킬로미터였다고 하는데, 그 거리는커녕 10킬로미터도 채 달리지 않았는데 내 횡격막은 요동을 쳤다. 내심 러너스 하이(30분 이상 뛰었을 때 밀려오는 행복감)가 찾아오지 않을까 기대했지만 어림도 없었다.

러닝을 하다 보면 심심치 않게 '러너스 하이'에 관한 썰을 들을 수 있다. 러너스 하이는 미국인 심리학자 A. J. 멘델이 1979년 발표한 논문에서 처음 사용한 용어로, 실외에서 뛸 때 겪는 신체적 스트레스가 유발하는 행복감을 말한다. 하루는 몸을 풀고 있는데 한 유경험자의 간증이 내 귀를 사로잡았다. "내가 지난 대회 하프마라톤을 뛰었잖아. 중반까지는 진짜 뒤지는 줄 알았는데, 마지막 코너 알지? 그 마의 오르막길을 통과하자마자 러너스 하이가 오더라니까. 진짜 무슨 뽕이라도 맞은 것처럼 쿡쿡 쑤시던 옆구리가 나아지면서 숨이 탁 트이더라니깐." 그는 만면에 미소를 띤 채 육체의 통증이 쾌감으로 선환되는 그 마조히즘에 가까운 기분을 떠벌였다.

왜 나에게는 러너스 하이가 찾아오지 않는 걸까? 지난 봄에 큰맘 먹고 하프마라톤을 신청했다. 하프 코스(21,095킬로미터)를 뛰고 광화문 한복판에서 지쳐 쓰러지는 광경을 머릿속에 그려봤다. 허파가 아파서 컥컥거리면서도 끝내 완주했다는 성취감에 취해 소리를 내지르는 내 모습도 떠올렸다. 얼마나 짜릿할까! 소금기에 찌든 셔츠를 벗고 시원한 물에 샤워하고 난 다음 고기를 먹으면, 붉은 돼지의 등허리 살이 근육으로 탈바꿈하리라. 기필코 러너스 하이에 오르겠다고 다짐했다.

한동안 마라톤을 대비하기 위해 다리 운동에 집중했다. 두 발로 딛는 스쿼트보다 한 발만 쓰는 런지 위주로 운동 루틴을 짰다. 기구 무게보다는 횟수와 속도를 늘려가면서 유산소 운동을 겸했다. 헬스인은 심폐지구력 강화 운동을 놓치기 쉬운데 흔히들 유산소 운동을 하면 근손실이 난다는 허무맹랑한 편견을 가지고 있는 탓이다. 아니, 내가 강경원이나 황철순 같은 보디빌더라면 근손실을 걱정해야 마땅하다. 그러나 나 같은 평범한 헬스인은 오히려 유산소 운동을 보태주어야 '근육 이자'가 붙는다. 마라톤 결승점에 다다르는 상상에 고취된 나는 나이키 광고처럼 만면에 미소를 지으며 개천에 있는 결승점을 통과했다. 크루원들이 밝은 미소로 날 반겨줬다.

결승점에 도착해 숨을 고른 후 포카리스웨트를 벌컥벌컥 들이켰다. 눈앞이 환해지면서 정신이 맑아지는 게 느껴졌다. 내 안에서 작은 폭발이 일어났다. 숨 가쁜 헐떡임이 주는 신비로운 열기랄까. 함께 뛴 멤버들의 헐떡거리는 소리가 들려왔다. 동고동락했던 훈련소 동기들에게 느꼈던 동지애가 생겨났다. 주위를 둘러보니 다들 운동을 꾸준히 했는지 혈색이 좋아 보였다. 직장인 특유의 우울함과 무뚝뚝함은 온데간데없고 생기가 넘쳐 보였다. 역시 꾸준히 운동하는 사람은 좀처럼 늙지 않는다.

집에 도착해 샤워를 하고 몸을 말렸다. 아랫배를 만지며 한참 거울을 들여다봤다. 여드름 난 턱도 유심히 보고, 군살이 접힌 엉덩이노 살폈다. 난 정신적으론 아직 어린데 적나라하게 드러난 살갗의 나이는…. 바짝 마른 곳도 흠집이 난 곳도 있었다. 미간에는 이미 큰 주름이 자리하고 있었고 팔자 주름은 작년보다 두 배는 더 짙어졌다. 얼마 전 아카데미 시상식을 보니 배우 휴 그랜트가 인생에서 가장 중요한 것은 보습이라고 말하던데. 한숨을 한번 내쉬고 영양크림을 듬뿍 퍼서 얼굴에 정성껏 펴 발랐다.

이삭줍기의 매력

입사 첫해, 내 사수는 회사에 빨리 적응하려면 골프를 치거나 그게 아니면 적어도 테니스 정도는 칠 줄 알아야 한다고 말했다. "정작 회의 때는 논의하지 않던 얘기를 운동할 때 한다니깐. 친목 다지기식으로 일할 거면 회의는 왜 하나 몰라."

그는 사무실 책상에 앉아 있는 것보다 더 중요한 건 따로 있다며 무슨 중요한 비밀이라도 알려주듯 내게 얘기했다.

내가 흘려듣는 것처럼 보였는지 그는 재차 일갈했다. "일솜씨는 개차반인데 테니스 하나 잘 쳐서 진급한 정 차장 봤지? 늦게 시작하면 내 꼴 나. 죽어라 고생하면 뭐 해. 할 줄 아는 운동도 없다고 이젠 회식 때 부르지도 않는데. 골프든 테니스든 뭐든 하루라도 빨리 시작하는 게 좋아."

선배의 조언을 암묵적인 지시로 받아들인 나는 "그럼 골프가 나아요, 테니스가 나아요?"라고 물었다. 그는 뭘 그런 걸 묻느냐며 이렇게 말을 이었다. "골프는 돈이 많이 들잖아. 배우는 데 시간도 많이 들고. 테니스 어때? 요즘 대세잖아?" 난 그날 바로 선배가 다니는 테니스 학원에 등록했다.

처음 테니스 수업을 받던 날이 기억난다. 고등학교 체육 선생님처럼 무뚝뚝한 말투의 소유자였던 코치는 내 운동 신경을 좀 보겠다며 다짜고짜 자기 라켓을 나에게 쥐여주었다. 그러고는 무심하게 연두색 공을 내 쪽으로 던졌다. 난 전날 윔블던 호주 오픈 개막전에서 본 로저 페더러의 우아한 포핸드 자세(팔을 뻗어 공을 치는 타구법)를 떠올리며 라켓으로 공을 때렸다. 공은 나로호처럼 하늘 높이 힘차게 날아올랐다. "자세는 괜찮은데 몸에 힘이 너무 들어갔네요. 새를 잡은 듯 라켓을 살짝 쥔 다음, 팔을 허공으로 날려 보내듯이 스윙해 줍시다." 난 코치의 말에 따라 몸에 힘을 빼고 라켓을 쥔 팔을 움직였다. 그러자 공은 허공에 높이 솟아올랐다가 포물선을 그리며 코치 앞에 툭 하고 떨어졌다. "나이스샷!"

테니스를 배우는 과정은 생각보다 순탄치 않았다. 그동안 몸에 잔뜩 힘만 주는 운동을 하다가 날쌘돌이처럼 움직여야 하는 테니스를 치려니 몸이 잘 따라주지 않았다. 무식하게 힘으로만 하려 한다고 코치에게 혼나는 날이 부지기수였다. 그러다 어떤 날은 신들린 사람처럼 공을 잘 때렸고, 어떤 날은 얼간이처럼 이리저리 뛰어다니기만 했다. 그렇게 내가 엉뚱한 곳으로 쳐낸 공들은 내가 다시 주워야 하는 노동으로 돌아왔다. 밀레의 〈이삭줍기〉를 연상케 하는 자세로 여기저기에 흩어진 공을 바구니에 담고 있으면, 내가 왜 돈 내고 이런 고생을 하고 있나 자괴감이 들기도 했다.

그렇게 연두색 공과 씨름하면서 내 실력은 점점 나아졌

다. 포핸드에서 백핸드(손등을 공 쪽으로 향한 채 치는 타구법) 그리고 서브(공격 때 상대편 코트에 공을 쳐서 넣는 것)까지 터득하자 드디어 테린이들과 연습 시합도 뛸 수 있게 되었다.

시합을 뛰니 완전히 다른 세계가 펼쳐졌다. 어느 코트를 가든 사람들과 시합할 수 있었고, 경기가 끝나면 자연스럽게 맥주 한잔할 친구가 생겼다. 땀에 젖은 친구들과 시원한 생맥주를 들이키니 생의 기쁨이 밀려왔다. 그래서 난 이삭줍기에 지쳐 테니스를 포기하려는 테린이들을 만나면 타이른다. 힘들더라도 딱 3개월만 버티라고. 눈 딱 감고 이삭을 줍다 보면 언젠가 추수철이 오기 마련이라고. 그때가 되면 우리 함께 시원한 생맥주 한잔을 하자고.

테니스는 생각보다 체력 소모가 엄청나서 살도 잘 빠졌다. 밥 먹고 헬스만 했던 헬스인으로 근육 돼지에 가까웠던 나는 주변 사람들도 놀랄 정도로 몸이 날렵해졌다. 그래서 뭘 입어도 옷태가 났는데, 특히 테니스복을 입은 내 모습이 정말 마음에 들었다. 여기서 멈췄다면 더는 꼴불견까진 아니었을 텐데… 한동안 나는 어딜 가든 테니스 채를 들고 다

운동의 참맛

녔다. 이유는 있었다. 당시 내게 테니스는 젊은 스타트업 CEO가 즐겨할 법한 운동이란 이미지를 풍겼기 때문이다. 윌슨 라켓에 나이키 밴드까지 하고서 스타벅스 아메리카노 한 잔을 들고 있으면 내가 〈타임스〉에 실릴 만한 영앤리치라도 된 기분이었다.

무엇보다 내가 테니스에 푹 빠지게 된 건 '소리' 때문이었다. 라켓으로 공을 제대로 치면, 라켓에서 '피용'하는 소리가 났다. 와인의 코르크 마개가 빠질 때 나는 소리처럼 경쾌했다. 그렇게 상대와 타격을 주고받으면 땀이 뻘뻘 났다. 내가 살아 있다는 걸 느낄 수 있는 순간이었다. 게다가 피용 소리와 함께 공이 코트에 내리꽂힐 때마다 스트레스가 풀렸다. 하지만 안타깝게도 이런 즐거움은 오래가지 못했다.

6개월간 열심히 한 덕분에 내 테니스 실력은 일취월장했다. 이와 함께 회사에는 내가 테니스 고수라는 소문이 삽시간에 퍼졌다. 그것도 로저 페더러처럼 한 손으로 백핸드를 기가 막히게 구사한다는 뜻에서 '박 페더러'라는 별명과 함께.

그때부터 퇴근 시간만 되면 사내 메신저에 불이 났다. "박 페더러, 퇴근하고 뭐 해? 본관 앞 테니스장에서 시합 한 판만 하고 가지." 상사와 테니스를 치면서 나는 타격의 즐거움을 점점 잃게 되었다. 테니스의 최대 매력인 강력한 타격은 엄두도 내지 못했고, 이리 뛰고 저리 뛰며 수비만 해야 했으니, '피융'은커녕 '피식'하는 한숨만 나왔다. 어느 순간부터 난 누구의 공이든 잘 받아내는 접대 테니스 선수로 전락해 있었다. 나는 페더러처럼 온화한 미소와 매너로 상사들의 마음을 사로잡았지만, 페더러처럼 우아하게 승리할 순 없었다. 그렇게 시간이 흐르면서 나는 능숙한 배우가 되었다. 아슬아슬한 랠리 끝에 안타깝게 패배하는 시나리오를 자유자재로 쓸 수 있게 되었고, 마음에도 없는 너스레와 추임새로 호아킨 피닉스 뺨치는 메소드 연기를 보일 수 있었다.

어제도 김 부장과 그의 수족 박 과장을 모시고 퇴근 후에 테니스를 쳤다. 경기는 라켓 줄이 뜨거워질 정도로 쉽지 않은 랠리였지만, 난 기어이 자연스럽게 졌다. 네트 위로 넘어오는 연두색 테니스공을 예우와 존경을 담아 사뿐히 넘겨드렸다. 그들이 아무리 풀 스윙으로 라켓을 휘갈겨도 난 샌드백처럼 공을 맞아줬다. "오늘 컨디션 너무 좋으신데요? 따라갈 수가 없네요!" 직장생활 10년 차쯤 되니 어설픈 척, 못 치는 척, 안 배운 척도 수준급이 되었다. 신이 났는지 두꺼운 헤드밴드를 한 김 부장은 마치 자기가 로저 페더러의 영원한 숙적 라파엘 나달이라도 된 듯 강력한 서브를 날렸다. 성질 같아선 그의 미간에 내 강력한 백핸드를 먹이고 싶었지만, 내 근육은 꼬박꼬박 나오는 월급 앞에선 무용지물이었다.

경기의 끝이 그들에게는 본격적인 시작이었는지 김 부장은 약속이나 한 듯 "메기매운탕에 소주 한잔!"이라는 구호를 외쳤다. 나는 머리를 굴리다가 지금 어머니가 된장찌개를 끓여놓고 하나뿐인 막내아들이 오기를 코가 빠지게 기다리고 계신다고 둘러댔다. 난 율동이라도 하는 것처럼 다양한 제스처로 공세적인 참석 제의를 애써 뿌리쳤다. 겸

연적은 표정으로 인사하고 코트를 빠져나오는데 뒤에서 구시렁거리는 소리가 들렸다. "야, 쟨 술 안 마셔. 그리고 우리 같은 노인네들이랑 금요일 밤에 놀고 싶겠냐!" '그렇게 잘 알면 금요일 밤에 테니스 코트로 불러내는 짓도 하지 말았어야지…' 나는 치미는 짜증을 억누르며 차에 올라탔다.

테니스 때문에 이따금씩 귀중한 저녁 시간을 꼰대들의 비위를 맞추는 데 써야 했지만, 그래도 그 덕분에 회사에서 일찍 입지를 굳힌 것도 사실이다. 접대 테니스를 치고 나면 깐깐하기로 소문난 김 부장의 결재도 프리패스였고, 오로지 자기 몫만 챙기기로 유명한 박 과장도 내게 성과를 밀어주기도 했다. 이것 말고도 테니스는 내게 많은 기쁨을 주었다.

테니스를 배우기 전까지는 헬스밖에 모르는 바보였지만, 요즘에는 동료들과 시내에 있는 스크린 테니스장에 다니기도 하고, 주말에는 테니스 동호회 사람들과 시합을 즐기기도 한다. 매끈한 테니스복을 입고 찍은 사진을 SNS에 올리는 재미도 쏠쏠하다. 무엇보다 테니스를 치면서 지구력과 유연성이 많이 좋아졌다. 덕분에 헬스를 해도 뻐근하던 어깨나 등 근육이 부드러워져 이따금 쿡쿡 쑤시던 통증도 잦아들었다. 이번 주말에도 동호회 사람들과 경기가 있다. 여전히 나는 테니스의 매력에 푹 빠져 있다.

뜨거운 여름, 잊지 못할 자전거 여행

2018년 여름은 터질 듯한 허벅지와 끝없이 펼쳐진 자전거 도로의 아지랑이에 관한 기억으로 가득하다. 나는 여느 때와 같이 카카오톡을 열어 지인들의 프로필 사진을 구경하고 있었다. 그중 생일자 목록에 뜬 주호의 프로필이 눈에 띄었다. 일을 시작한 이후로 거의 보지 못했던 주호는 비싸 보이는 자전거를 붙들고 웃고 있었다.

운동의 참맛

"주호야, 생일 축하한다! 근데 너 요즘 자전거 타냐?"

"잘 지내지? 응, 주말마다 자전거 여행 다녀. 시간되면 너도 한번 가볼래?"

"나야 스포츠라면 뭐든 좋지. 오랜만에 자전거로 유산소 운동하면 되겠다!"

"그럼 이번 주 토요일 8시까지 잠실역 12번 출구로 와. 늦으면 안 된다!"

중학생 이후로 자전거를 본 적도 없던 나는 여행 전날 집 앞 자전거포에서 꽤 괜찮은 자전거 한 대를 빌렸다. 여행의 설렘에 밤잠을 설치다가, 결국 다음 날 아침 불길한 기분에 휩싸인 채 눈을 떴다. 난 단말마의 비명을 지르고 몸을 일으켜서 '빕숏'이라고 불리는 자전거용 쫄쫄이바지에 몸을 쑤셔 넣었다. 운동화를 구겨 신고 문 앞에 세워둔 자전거에 올라타 페달을 밟기 시작했다.

난 허겁지겁 자전거 도로에 진입해 내달렸지만, 약속 시간에 족히 두 시간은 늦을 것 같았다. 주말에는 자전거를 지하철에 실을 수 있다는 주호의 말이 생각나서 마음을 바꿔 가장 가까운 지하철역으로 향했다. 막상 쫄쫄이 사이클복을 입고 지하철 승차장 앞에 서니 날 바라보는 사람들의 시선에 민망해졌다. 설상가상으로 거울 속의 내 모습은 어릴 적 비디오에서 봤던 쫄쫄이 영웅 파워레인저처럼 보였다. 아무리 몸매가 빼어나다 해도 아직 쫄쫄이는 사회 질서를 어지럽힐 수 있는 무기였다. 난 엉거주춤한 자세로 자전거를 밀며 지하철 맨 끝 칸으로 향했다.

지하철에 오르니 자전거 동호회 무리가 바글바글했다. 쫄쫄이바지를 입고 중요 부위에 포춘쿠키를 단 사람들이 지하철 한 칸을 다 차지하고 있었다. 난 기이한 광경에 정신을 못 차리다가 한쪽 구석에 쭈그려 앉았다. 그때 분홍색 두건에 스포츠용 선글라스를 낀 아저씨가 내게 콩떡을 나눠주며 자전거의 세계로 진입한 날 축하해 줬다.

"청년은 어디까지 가시나?"

"네, 저는 오늘 여주보까지 가려고요."

"이 시간에? 어이구, 많이 늦었네."

나는 비통한 얼굴로 주호의 마음을 어떻게 풀어줘야 할지 고민했다. 그러다 어느새 잠실역에 도착했다. 무표정한 주호를 보자마자 싹싹 빌었다. "너 초등학생 때 똥 다 쌀 때까지 내가 화장실 문 앞에서 지키고 서 있었던 거 기억하지? 이제 우리 샘샘이다." 주호는 피식 웃으며 "아, 그 얘긴 왜 또 꺼내고 그래 진짜." 주호는 자전거에 올라타며 나지막하게 말했다. "알았어, 알겠다고. 빨리 가자. 더 지체하면 날이 뜨거워져서 멀리 못 가."

우리는 개천가에 다다라 자전거 전용 도로로 진입하면서 페달을 힘껏 밟아 속도를 냈다. 난 뒤처지지 않기 위해 필사적으로 주호를 따라갔다. 미친 사람처럼 자전거 페달을 한 시간 정도 밟았더니 금세 허벅지가 뜨거워지고 엉덩이도 뻐근해졌다. 귀에서는 이명까지 들려 페달을 밟는 것 외에는 아무 생각도 할 수 없었는데, 그나마 콩떡을 먹은 덕에 버틸 수 있었다. 주호는 뒤도 한 번 돌아보지 않고 인정사정없이 앞서나갔다. 힘들어도 쉬자고 말할 염치가 없었던 나는 참을 만큼 참다가 더는 버티지 못하고 저 멀리 보이는 세븐일레븐을 가리키며 외쳤다. "주호야, 포카리! 포카리! 야 이 자식아, 내 말 안 들려? 포카리스웨트 마시고 가자고!"

주호는 별 대답도 없이 편의점 앞에 자전거를 세우고는 편의점 안으로 들어갔다. 주저앉아 음료수를 마시는 내게 주호는 매정하게 말했다. "야, 세 시간은 더 가야 해. 빨리 목 축이고 가자."

우린 달리고 달려 경기도 하남 팔낭대교에 도착했다. 30도에 육박하는 날씨에 숨이 턱턱 막혔다. 난 열을 조금이라도 식히려고 편의점에서 산 얼음을 헬멧 안으로 부었다. 정수리는 시리고 몸은 뜨거운 이상한 감각에 헛웃음이 나왔다. 더위를 먹은 것처럼 어질어질했다. 심장과 맥박 소리를 듣는 일 빼고는 아무 생각도 할 수 없었다. 난 조금이라도 더 힘을 내기 위해 고함을 지르며 미친 듯이 웃어 젖혔다. "주호야, 오늘 너무 좋다! 죽을 것 같은데 너무 좋아!" 내

운동의 참맛

가 실성한 사람처럼 웃어대자 앞서가던 주호는 걱정스러운 표정으로 나를 힐긋 쳐다봤다.

우여곡절 끝에 양평에 접어들면서 우린 남한강 중앙선 폐철도 구간에 다다랐다. 한여름이었는데도 폐철도로 이어진 긴 터널 안은 몸이 얼어붙을 정도로 시원했다. 마치 냉탕과 온탕을 번갈아 들어가는 것처럼 온몸이 찌릿하면서 상쾌한 기분이 들었다. 그간 양평 여행을 수도 없이 다녔지만 한 번도 해보지 못한 경험이었다.

자전거를 타면 걸을 때는 보이지 않았던 도시 속 풍경이 눈에 들어온다. 남한강을 따라 달리니 석양으로 채색된 구름이 필름처럼 눈앞에 펼쳐졌다. 실바람이 내 머리카락과 함께 흩날리고, 입고 있는 옷이 나풀거리니 포카리스웨트 광고 속 주인공이 된 기분이었다.

우린 목표로 했던 여주보에 한참 못 미친 양평에서 점심을 먹었다. 주호는 영 아쉬운지 그 맛있는 초계 국수를 먹으면서도 투덜거렸다. "요즘 여주보 날씨가 그렇게 기막히다던데. 오늘은 날씨가 좋아서 충주까지도 갈 수 있었는데." 난 벌겋게 달아오른 목덜미에 선크림을 바르면서 말했다. "오늘만 날이냐! 다음 주에 또 가면 되지. 그건 그렇고 자전거 한 시간 타면 500칼로리가 빠진다잖아. 우리가 네 시간 정도 달렸으니깐 초계 국수 곱빼기에 만두까지 먹어도 살 빠지겠다!"

양평에서 다시 잠실로 돌아오는 길에는 해가 떨어져 어두침침하게 땅거미가 내렸다. 사위가 캄캄해지고 몸이 지쳐가면서 자연스럽게 길에 주저앉아 쉬는 시간이 길어졌다. 중간중간 나오는 편의점은 우리의 아지트가 되었다. 열량을 핑계로 그간 마시지 않던 초코우유와 밀키스도 사 마셨다. 곱빼기로 먹었던 초계 국수는 이미 기억에서 사라진 지 오래였다. 자전거 여행이 점차 끝나가면서 우린 그간 나누지 못한 깊은 대화를 나눴다. 난 주호에게 물었다.

"왜 그렇게 자전거를 열심히 타는 거야?"

"음…. 너처럼 허벅지 두꺼워지게 하려고."

"허벅지 키워서 뭐 하는데?"

"하긴 뭘 해. 그냥 키우는 거지."

"븅신."

"속이 시끄러워서 그래. 집도 회사도 온통 내 숨통을 조여서 숨쉬기 어려울 정도야. 내가 무슨 부귀영화를 누리겠다고 이러고 사는지 몰라. 이렇게 주말에라도 자전거를 타지 않으면 진짜 미쳐버릴지도 몰라. 자전거를 타면 숨통이 트여. 그래서 타."

사회생활을 시작하면서 주호와 멀어졌던 건 사실이다. 초등학교 더벅머리 시절부터 친구였지만 어느 순간부터 우린 서로에 관해 궁금해하지 않았던 것 같다. 만나면 피시방에서 게임이나 하고 헤어지기에 바빴지, 서로 뭘 고민하며 사는지 궁금해하지 않았다. 그런데 뜨거운 태양 아래 열심히 자전거 페달을 밟으며 땀을 흘린 후, 어둠과 함께 찾아온 고요함을 벗 삼아 우리는 전에 없던 솔직한 얘기를 나눌 수 있었다. 가족과의 갈등부터 연애의 실패, 버거운 직장생활까지. 우리는 많은 고민을 나눴고 서로의 기운을 북돋아 주었다.

　그날의 자전거 여행을 기점으로 주호와 나는 틈만 나면 만나서 한강부터 양평, 여주, 문경, 동해안 그리고 도림천에서 북악스카이웨이까지 전국의 내로라하는 자전거길 명소를 여행했다. 우리는 함께 젊음을 흩뿌리며 다녔다. 아마도 주호와 자전거 여행을 하며 전국을 일주하던 때가 내 전성기였지 싶다.

운동의 참맛

어느 헬스인의 걷기 예찬

퇴근할 때마다 주섬주섬 헬스 장비를 챙기던 내가 평소와 달리 빈손으로 나서자, 옆자리에서 일하던 후배가 날 보지도 않고 물었다. "오늘은 헬스장 안 가세요?" "오늘은 유산소 운동으로 대신하려고."

후배는 모니터에서 눈을 떼고 의자를 뒤로 젖힌 뒤 나를 보며 말했다. "걷기가 운동이 돼요? 전 허구한 날 걸어도 살 안 빠지던데." 난 어깨를 으쓱하며 놀리듯이 얘기했다. "살

빼려고 걷냐! 살려고 걷지. 야, 너도 종일 앉아만 있지 말고 나가서 좀 걸어라. 직장인은 딴 건 몰라도 유산소 운동은 꼭 해야 해. 맨날 말로만 그러지 말고 그냥 나가서 걸어 봐. 걷다 보면 살도 빠질걸?" 후배는 '또 잔소리냐'는 표정을 짓고는 다시 글자투성이 모니터에 집중했다.

미국 캘리포니아주립대 연구에 따르면 일반인이 하루 30분씩 1년만 걸어도 연간 6킬로그램의 살을 뺄 수 있다고 한다. 나는 퇴근 후 컨디션이 좋으면 캘리포니아 못지않게 근사한 걷기 코스를 찾아 나선다. 용산에서 영등포까지 한 시간 반 정도 걸으면 10킬로미터인데, 이렇게 길으면 라면 한 그릇 정도인 450킬로칼로리를 소비할 수 있다. 물론 집에 도착하자마자 라면을 두 개씩 끓여 먹을 때도 있지만, 아무런 운동도 하지 않고 먹는 것보다는 죄책감이 덜하다.

내가 걷기에 집착하는 이유에는 여러 가지가 있지만, 무엇보다 세상에서 가장 쉬운 유산소 운동이기 때문이다. 다만 걸을 때 나만의 철칙이 있다. 첫째, 숨이 찰 정도로 빠르게 걷기. 둘째, 30분 이상 걷기. 셋째, 오르막 코스 필수로 넣기. 마지막으로 걷는 모든 과정을 나이키 NRC 앱에 기록하기(내가 신기록을 세우면 앱에서 폭죽을 터뜨리며 축하해준다!).

혼자 걷기만 하면 심심하니 신기록이 나오면 앱 화면을 캡처해 인스타그램에도 올린다. 혼자서도 잘 걷는 나를 좀 칭찬해 달라며 친구들에게 허세도 부린다. 그러면 정말 신기하게도 날 소중히 여기는 친구들이 칭찬하는 댓글을 달아준다. 엄지척 이모티콘과 함께 "너, 정말 시간 많구나? 노인네처럼 걸어 다니네?"라며 칭찬 아닌 칭찬을 보내온다. 가끔 이런 댓글도 달린다. "도대체… 왜 그렇게 걸어 다녀? 헬스장에서 러닝머신 뛰는 게 낫지 않아?" 운동 효과만으로 보면 그럴지도 모른다. 하지만 '걷기'에는 좀 더 특별한 구석이 있다.

문제의 날도 나는 어김없이 평소처럼 헬스장에서 벤치프레스를 하고 있었다. 근데 저 멀리서 어리고 잘생긴 엄친아 스타일의 한 남성이 나를 향해 걸어오는 게 아닌가. 순간 이상했지만, 신경 쓰지 않는 척하며 다시 운동을 시작하려는데 그 엄친아가 내 어깨를 톡톡 쳤다. 내가 에어팟을 빼며 '뭐요?'라는 표정으로 쳐다보자, 그는 "저랑 기구 무게가 비슷하신 거 같은데, 벤치프레스 함께 하시겠어요?"라고 묻는 게 아닌가. 나는 얼떨결에 고개를 끄덕였고, 그때부터 나의 이상한 승리욕에 발동이 걸렸다.

우리 엄마 아들로서 저 엄친아에게 운동만큼은 절대 질 수 없다는 마음으로 벤치프레스를 들었다. 엄친아가 벤치프레스 100킬로그램을 들면, 나는 110킬로그램을 들었고, 그가 110킬로그램을 들면, 나는 생전 들어보지 않았던 120킬로그램을 들었다. 나도 안다. 얼마나 무식한 짓이었는지. 결국 내 어깨는 탈이 나버렸다.

어깨 부상으로 헬스장에 가지 못하면서 나는 초조해지기 시작했다. '어렵게 만든 근육이 다 빠지면 어쩌지? 게다가 살까지 다시 찌면?' 이런 불안감에 밤잠을 설쳤다. 그러다 어렵사리 잠에 들면 배에 기름이 차고 근육이 흘러내리는 악몽을 꾸기도 했다. 뭐라도 해야겠다는 생각이 들었다. 그때부터 걷기 시작했다. 아무리 힘들어도 걷는 건 할 수

운동의 참맛

있으니까. 첫날 동네 한 바퀴를 천천히 걸었을 뿐인데도, 몸과 마음이 가벼워졌다. 그렇게 규칙적으로 걷다 보니 살은 자연스럽게 빠졌고, 엄친아에게 농락당했던 패배감도 점차 극복할 수 있었다(물론 내가 만든 패배감이지만).

걸으면서 다른 불안 증상도 나아졌다. 예를 들어, 일요일 오후부터 발현되는 초조하고 불안한 월요병 증세가 차츰 나아졌다. 나는 위계질서가 뚜렷한 회사에 다니고 있는데, 걷기는 회사에서 받은 스트레스를 자연스럽게 해소할 수 있는 창구가 되어 주었다. 걷고 나면 마치 폼롤러로 문지른 것처럼 몸과 마음이 말랑말랑해졌다.

난 매사 모든 일을 줌인zoom-in해 살았다. 덕분에 많은 걸 이루며 살았고, 성취감을 발판삼아 더욱 힘을 낼 수 있었다. 그런데 점점 번아웃이 왔다. 해야 할 일을 모두 하고 있었지만, 나는 감정이 없는 기계처럼 움직였다. 어떤 날은 종일 나를 잊고 지낸 적도 있었다. 그런 가운데 걸으면서 나는 세상을 줌아웃zoom-out해 바라보는 여유와 용기를 가지게 되었다. 덕분에 잊고 지냈던 열정이 되살아났고, '나'라는 사람에 관해 깊이 생각할 시간도 갖게 되었다. 이런 경험으로 나는 더욱 '걷기'를 예찬하게 되었다.

이제 나는 몸이 무거울 때도, 몸이 아플 때도, 우울한 일로 기분이 가라앉았을 때도, 직장 상사에게 깨져 마음이 상했을 때도 걷는다. 내가 어떤 처지에 있든 걸을 수 있다는 것, 그것만큼 위안이 되는 일도 없다.

운동의 참맛

Part 2

뛰는 것까지 운동입니다

후루룩짭짭 후루룩짭짭 맛 좋은 라면

오늘도 나는 물을 끓이며 다짐한다. '면만 건져 먹으면 돼. 국물만 마시지 않으면 아무 문제 없어.' 이렇게 나를 위로했지만 그건 궤변에 불과했다. 고작 라면 하나 가지고 뭘 그러나 싶겠지만, 며칠 전부터 유난히 볼록 튀어나와 보이는 아랫배 때문이다. 평생 홀쭉했던 배에 묵직한 뭔가가 들어차 있다. 설마 이게 다 라면 때문인가? 내가 뭘 그리 욕심냈다고!

그런데 그 배를 보고도 밤만 되면 자꾸 라면이 그리웠다. 오늘도 어김없이 자정이 되니 배가 고팠다. 반사신경인지 라면이 생각났다. 아니지. 오늘도 젊은작가상 수상작품집을 받침대 삼아 그 위에 뜨거운 라면 냄비를 올려놓는다면 나는 나 자신을 경멸하게 될지도 모른다. 도리질을 치며 텔레비전으로 눈을 돌렸지만 얼마 못 가 허기는 나를 완전히 지배했다.

불그죽죽한 국물이 환락가의 네온사인 불빛처럼 번쩍거리는 게 보였다. 멜론 Top 100을 도배한 훅송처럼 도무지 떨쳐낼 수 없었다. 용암처럼 보글거리는 라면 냄비를 상상하니, 어렸을 때 야한 비디오를 봤을 때처럼 흥분되었다.

나는 저항도 못 하고 앓는 소리만 냈다. 머릿속으로 가스레인지 위에 냄비를 올렸다가 내려놓기를 반복했다. 냉동실을 가득 채운 닭가슴살의 냄새는 맡기조차 싫은데 대체 왜 라면 냄새는 떨쳐낼 수 없는 것인가! 어떻게 하면 잊을 수 있을까? 애초에 왜 사다 놨을까!

고요한 밤을 습격하는 허기는 지병처럼 날 따라다녔다.

나이를 먹어도 어느 욕구 하나 잠잠해지지 않는데, 그중에서도 식성은 안하무인에 가깝다. 시도 때도 없이 나를 찾아온다. 소박한 꿈이 있다면, 아침 식사로는 아메리카노 한 잔이면 족하고 저녁 식사로는 사과 반쪽이면 족한 사람이 되고 싶었다. 그러나 37년째 나는 여전히 음식 앞에서 이성을 잃는다.

며칠 전에도 모두가 잠든 사이, 나는 라면을 원하고 원망했다. 피할 수 없다면… 그래, 조금이라도 건강하게 먹어보자. 일단 튀긴 면발부터 어떻게 해보자. 유당이 문제인데, 이걸 제거하려면 익은 면발을 찬물에 씻어야 한다. 혹자는 더럽게 맛없겠다고 하겠지만, 어떻게든 라면을 먹고 싶은 나같은 헬스인들을 위한 차선책이다. 여기에 달걀 두 개를 풀고 두부와 버섯까지 썰어 넣으면 세팅 끝. 뭐, 버거킹에서 더블 패티 와퍼를 시키면서 다이어트 콜라를 주문하는 꼴이지만 어쩌겠는가. 라면이 불완전한 식품인 만큼 나도 불완전한 사람인데. 최근 곤약면과 두부면으로 된 라면도 출시되었다지만, 그건 라면이라고 볼 수 없다. 그나마 타협할 수 있는 게 있다면 건면이다. 말 그대로 튀기지 않은 구운 면으로 기존 라면보다 열량이 낮고, 나트륨양도 적어서 국물도 부담 없이 먹을 수 있다.

끓는 물에 면을 넣으면서 이런 생각을 하기도 했다. '이제 곧 셔츠의 계절인데…. 작년에 입던 셔츠가 반만 잠기던데….' 순간 초조했지만, 내 손은 거침없었다. 정성껏 끓인 라면을 식탁 위에 올려놓자마자 그나마 남아 있던 이성도 모두 달아났다. 얼씨구나. 면을 게걸스럽게 흡수하고 햇반을 꺼내 국물에 투하했다. 한 친구는 이렇게 먹는다고 아무것도 달라질 거 없다고, 뭘 그렇게 애쓰냐고 놀리듯 얘기했지만 난 그의 말을 믿지 않는다. 나쁜 새끼, 자기는 다이어트 도시락만 시켜 먹으면서.

아무리 생각해도 내 미각은 너무 무디다. 이른 나이에 독립했다는 것을 핑계 삼아 나는 인스턴트의 노예가 되기로 자처했다. 혀는 이미 둔감해졌고, 미식은커녕 끼니를 때우기에 바쁘다. 예술작품을 감상할 때도 미감이 무디면 아름다움의 미세한 차이를 감지하기 어려워진다. 감식안에

백태가 끼면 자꾸 소금을 치게 마련이다. 그러니 허구한 날 지구를 때려 부수는 블록버스터 액션 영화에 열광하는 것도 어찌 보면 당연하다. 반복에 익숙해진 나는 무엇을 보든 쉽사리 감흥을 느끼지 못하고 살았다. 원색으로 처바른 빨간 신라면 봉지는 내 돌덩이 같은 미감을 잘게 깨부수었다. 취향도 신경 써서 관리하지 않으면 군살이 붙는데 미각은 오죽할까.

이러니 글을 쓸 때도 독한 어휘에 의지했다. 위악과 냉소를 무기처럼 휘두르며 스트레스를 풀었다. 부끄럽게도 매운 라면처럼 얼얼한 문장을 써먹으면서 미세한 것들을 놓쳤다. 소재주의의 함정에 빠지는 일은 생각보다 자주 발생했다. 두루 읽혔으면 하는 바람으로 쓴 글이었지만, 읽히면 부끄러워지는 글이기도 했다. 내가 지향하는 바는 미세하게 변하는 하루를 공들여 쓴 글이다. 음식을 예로 들면 화려한 궁중요리보다는 담백한 초밥이 어울리겠다. 만화 《미스터 초밥왕》 쇼타가 만든 연어알 초밥처럼 밥알 하나하나에 생명력이 붙어있는 글이라면 좋겠다. 재료 본연의 신선도를 중시하고, 장인의 솜씨에 따라 맛이 미세하게 변하는 그런 경지 말이다. 그렇다면 우선 신라면부터 줄여야 마땅하다.

커피와 운동의 찰떡궁합

아침에 일어나 습관처럼 커피를 내렸다. 필립스 커피머신에서 막 추출한 에스프레소 원액이 졸졸 떨어지자, 나도 모르게 긴 한숨이 나왔다. 오늘 하루도 괜찮을 거라는 막연한 낙관이 깃든 한숨이었다. 아침만 되면 찾아오는 출근 포비아도 갓 볶은 에티오피아 예가체프 향이면 한껏 누그러진다. 그래서 나는 일이 촉박하거나 잘 풀리지 않을 땐 버릇처럼 커피를 찾는다. 커피는 마치 김장할 때 소금물로 배

추 숨을 죽이는 것 같이 내 심란한 마음을 부드럽게 만들어준다.

커피는 끼니를 때우기에도 좋다. 아침은 유독 정신이 없는 시간대인데, 난 뜨거운 커피로 주린 배를 달래면서 출근 준비를 마친다. 어릴 적에 아버지도 출근 전에 꼭 숭늉을 한 잔씩 드셨다. 빈속에 커피는 좋지 않다고 하지만, 아무리 마셔도 별 부작용이 없는 나로서는 커피가 그저 콩으로 우린 숭늉과 다를 바 없다.

난 식탁의자에 잠시 앉아서 출근 시간을 최대한 미뤘다. 매일 지옥 같은 러쉬아워를 뚫고 출근한다는 게 날 비극의 주인공으로 만든다. 난 개울가에서 수통을 채우는 병사처럼 비장한 표정으로 텀블러에 커피를 한 잔 가득 채워 나섰다. 나는 병사가 허리에 찬 수통을 달그락거리며 산길을 오르듯, 텀블러를 차량 거치대에 꽂고, 거칠기로 유명한 여의대방로를 통과해 가까스로 출근 시간 1분 전에 회사 주차장으로 진입했다. 차에서 내리기 전에 잠시 심호흡하고 커피 한 모금을 들이켰다. 나는 큰 전투를 앞두고 미리 모르핀이라도 맞아두려는 병사처럼 내 몸에 커피를 수혈했다. 난 카페인이 온몸으로 퍼지는 걸 느끼며 크게 한숨을 내쉬었다. 그리고 마음이 약해지기 전에 차 문을 박차고 나섰다.

내가 준비했던 회의에 문제가 생기면서 오전은 내내 자료를 수정하며 보낸 뒤 점심시간이 다 되어서야 한숨 돌릴 수 있었다. 난 다 식은 커피를 홀짝홀짝 마시며 고단한 전투에서 살아남은 걸 자축했다. 예전에는 오전 업무를 마치고 나면 점심시간에 무조건 낮잠을 청했다. 하지만 한 번 잠들면 도무지 깨어나기가 고통스러워서 요즘 난 점심시간을 쪼개 헬스장에 간다. 아무리 서둘러도 운동 시간을 30분 넘게 확보하기는 어려운 탓에 난 헬스장까지 뛰어간다. 어차피 여유롭게 몸 풀 시간도 없어서 달리면서 몸을 풀었다.

점심시간이라 그런지 헬스장은 대체로 한산했다. 난 바로 '천국의 계단'으로 불리는 스텝밀에 올라탔다. 계단을 오르는 형태로 진행되는 스텝밀은 허벅지, 엉덩이, 종아리, 코어까지 고강도로 자극한다. 오르고 또 오르다 보면 어느새 정신이 아득해지면서 희미하게 천국이 보인다는 게 정설이다. 하체 운동하기 전에 스텝밀을 해주면 빠른 속도로 몸에 시동을 걸 수 있다. 내가 다니는 헬스장에는 스텝밀이 한 대뿐이라 언제나 근처에 사람이 붐볐는데, 평일 점심시간에는 마음껏 탈 수 있어서 좋다.

슬슬 몸이 풀려, 나는 스미스머신에 들어가서 본격적으로 허벅지에 힘을 주고 스쿼트를 시작했다. 스미스머신은 목표로 하는 근육만 공략할 수 있도록 돕는 기구라서 서두르다 다치기 쉬운 점심시간의 운동에 제격이다. 난 세트마다 짧게 쉬면서 허벅지와 엉덩이만 집중적으로 공략했다. 30분 만에 운동 효과를 보려면 한 놈만 패는 방법뿐이었다.

땀을 뻘뻘 흘리며 운동하다 보니 목이 타서, 헬스장에 딸린 커피숍에서 아이스 아메리카노를 사 마셨다. 주위를 둘러보니 나뿐 아니라 꽤 여러 사람이 아이스 아메리카노를 마시고 있었다. 언뜻 보면 헬스와 커피는 어울리지 않을 것 같지만 사실 그렇지 않다. 한 모금 마시니 축 처졌던 몸과 마음은 카페인 덕분에 활기를 얻었고 근육통도 좀 잠잠해졌다. 아무리 봐도 커피와 헬스의 관계는 결혼정보업체도 울고 갈 찰떡궁합이다. 이러니 운동 중에 커피를 마시지 않을 이유가 없다. 최근에 커피를 파는 헬스장이 많아진 것도 커피와 운동의 시너지 효과를 기대하는 헬스인의 니즈 때문 아닐까?

운동을 마치고 화장실로 뛰어가 대충 얼굴과 목, 겨드랑이만 씻어냈다. 그리고 마무리로 올리브영에서 산 싸구려 향수를 뿌려서 감쪽같이 땀 냄새를 가렸다. 난 헬스장을 나서자마자 사무실을 향해 뛰었다. 커피 한 잔을 사서 들어갈 시간을 만들기 위해 복식 호흡을 하며 전속력으로 달렸다. 냉동고처럼 시원한 편의점에 들러 테이크아웃 커피를 내리며 숨을 돌리고 휴지로 땀을 닦았다.

회사 엘리베이터 입구에서 다시 사원증을 목에 걸고 커피 한 잔을 손에 쥔 채 유유히 사무실에 들어섰다. 사무실 공식 '아웃사이더'답게 누구도 내게 점심 맛있게 먹었냐고, 어디 다녀왔냐고 묻지 않았다. 주위를 둘러보니 다들 자다 깼는지 눈이 퀭했다. 그에 반해 내 심장은 그 누구의 심장보다 격렬하게 뛰고 있었다. 운동 후 일을 하니 졸리기보다는 오히려 의욕이 샘솟았다.

오후에 줄줄이 회의가 잡혀 있어서 에스프레소 샷을 추가했더니 목 넘김이 따가울 정도다. 이렇게 커피는 내게 아침밥이면서 각성제이자 기분전환에 그만인 청량음료이다. 어디 그뿐인가! 글을 쓸 때도 친구들과 수다를 떨 때도 운전할 때도 커피는 늘 나와 함께했다. 난 시시각각 스타벅스 커피, 편의점 커피, 커피믹스, 직접 내린 드립 커피를 마시면서 하루를 각성한다. 특히 일에 지치고 영 힘이 나지 않을 때마다 시원한 아메리카노 한 잔과 함께 운동하는 시간을 고대하곤 한다. 그 이디에서도 찾기 힘든 확실하고도 드문 행복이다.

영원한 숙제, 식단관리

난 어려서부터 워낙 식욕이 왕성해서 입 짧은 친구들이 늘 부러웠다. 고기반찬을 돌같이 보는 무심함과 음식을 제때 끊어낼 줄 아는 절제력을 우러러봤다. 회사 후배 보림이가 딱 그랬다. 어느 날 녀석과 단둘이 구내식당에서 밥을 먹은 적이 있다. 녀석은 몇 숟가락 뜨지도 않고 수저를 내려놓았다. 난 남은 김치찌개에 밥을 비벼 먹으려다 말고 따져 물었다. "난 아직 먹고 있는데 너무한 거 아냐?" 내가 어이없다는 듯이 바라보자, 보림이는 살짝 미소를 지으며 이렇게 답했다. "선배, 죄송해요. 제가 입이 짧아서 그만." 난 파르르 떨리는 눈을 껌뻑이며 녀석에게 그만 가보라고 손짓했다. "비인간적인 놈." 찌개에 남은 고기 건더기는 다 내 차지라며 좋아하는 나를 뒤로하고 보림이는 커피나 사 오겠다며 유유히 밖을 나섰다.

나는 왜 배가 불러 꺽꺽대기 전에 입을 닦지 못할까? 그러고 보면 내가 좋아하는 영화 속 주인공들은 대부분 입이 짧다. 〈화양연화〉 속 양조위는 국수를 앞에 두고도 그녀 생각에 여념이 없고, 〈도망자〉 속 해리슨 포드는 배를 쫄쫄 굶으며 도피 중인데도 먹음직스러운 빵을 외면한다. 그중에서도 영화 〈밀레니엄〉의 다니엘 크레이그가 입 짧기로는 단연 최고다. 극 중 열혈 기자인 그는 테이블에 놓인 맛깔스러워 보이는 토마토 에그 샌드위치는 거들떠보지도 않고, 긴급 속보를 듣자마자 급히 자리를 뜬다. 3분이면 해치울 조막만 한 샌드위치는 내버려 둔 채. '배가 좀 불러야 머리도 돌아가는 거지, 이 양반아!' 그는 내 눈총에도 아랑곳

운동의 참맛

하지 않고 긴 코트 자락을 휘날리며 택시에 올라탔다. 무심한 공복 신사 다니엘은 차가운 도시 남자답게 볼살이 홀쭉했다.

내가 입 짧은 이를 부러워하는 이유는 턱선이 날렵하고 보디라인이 샤프한 차도남이 되고 싶어서다. 하지만 나는 여전히 식욕을 통제하지 못해 근육 돼지를 면치 못하고 있다. 왜냐하면 난 운동보다 식단이 더 어렵기 때문이다. 난 《지킬 박사와 하이드》의 주인공처럼 음식 앞에만 서면 평소와 다른 사람이 되어버린다. 허기진 그 남자는 아무리 심각한 회의 자리에서도 눈앞에 달콤한 쿠키만 놓이면 머릿속이 쿠키로 가득 찬다. 속으로는 절대 손도 대지 말아야지 하면서도 결국 몸이 들썩거리고 흥분을 감추지 못해서 어느 순간부터 대놓고 먹는다. "선배, 부장이 쳐다봐요. 그만 먹어요." 옆에서 보림이가 옆구리를 쿡쿡 찌르며 눈치를 줘도 소용이 없다.

언젠가 한 번은 회사 동료 결혼식에 갔더니 언양불고기가 나왔다. 그 향긋한 냄새가 풍기자마자 나는 눈을 희번덕

거리며 코를 킁킁거렸다. 난 순간적으로 정신이 혼미해져서 예식은 제쳐두고 피로연장으로 돌진했다. 그러고는 달콤한 생의 환희를 만끽하며 혼자만의 불고기 가든파티를 벌였다. 난 신내림 받은 사람처럼 동공이 풀린 채 불고기를 마구 입에 쑤셔 넣었다. 아, 그 불고기 맛이란 말로 다 할 수 없이 황홀했다. 내가 식장에서 사라진 것을 눈치챈 보림이는 어느새 다가와 한심한 눈초리로 나를 쳐다보며 말했다. "선배는 축의금을 두 배는 더 내야 해요. 남의 잔칫집에 와서 왜 자기 잔치를 해요." 난 보림이에게 말했다. "누누이 말했지만, 그 남자는 내가 아냐. 누가 내 안으로 허락도 없이 들어온 거야."

내가 운동을 규칙적으로 하게 된 것도 이놈의 식욕 때문이다. 헬스장에서 낑낑거리고 나서 밥숟갈을 들면 그나마 죄책감이 덜하다. 운동을 격하게 한 날은 열량과 단백질량을 의식하지 않고 엽기떡볶이에 튀김만두를 두 개씩 입에 밀어 넣을 수 있다. 하지만 이 나이쯤 되니 아무리 운동해도 식단을 병행하지 않으면 살찌는 걸 막을 수 없다. 난 언제쯤, 이 지겨운 싸움에서 지지 않을 수 있을까.

한창때는 한 끼에 라면 네 개씩 먹어도 살이 찌지 않았다. 항시 허기가 져서 더 열심히 먹기만 했다. 아침에는 미역국에 밥을 두 그릇 말아먹고, 점심에는 급식으로 나온 동그랑땡이 다 떨어질 때까지 집어먹었다. 쉬는 시간마다 곧장 매점으로 달려가 햄버거와 라면을 사 먹었다. 하굣길에 떡볶이랑 튀김은 애피타이저, 그러고도 저녁으로 어머니가 끓여주신 찌개에 밥을 두 그릇씩 싹싹 비벼 먹었다. 난 스트레스 없이 무엇이든 먹어 치우던 그 시절이 그립다. 불혹에 가까워지고 보니, 마음 놓고 먹을 수 있는 행복은 나이와 반비례한다는 걸 깨달았다. 이제는 숨만 쉬어도 나잇살이 붙는 게 느껴진다. 나이 듦의 슬픔이란 어쩌면 이런 것인가.

요즘 난 날씬한 몸매를 만들기 위해서 식탐과 목숨을 건 혈투를 벌이고 있다. 나는 식탐이라는 놈에게 매번 질 수만은 없어서 먹을 때마다 정신을 바짝 차린다. 음식이 나오면 재빨리 열량을 계산하고, 흰쌀밥은 반 공기만 먹으며 짜거나 매운 음식은 되도록 피한다. 단백질을 조금이라도 더 섭취하기 위해 포장용 닭가슴살을 가방에 넣고 다닌다. 입 짧은 차도남이 되기 위해 커피는 오직 쓰디쓴 아메리카노만 마시고, 하루 한 번은 꼭 채소를 챙겨 먹으려고 노력한다.

끼니마다 식단을 지켜 먹는다는 건 상당한 의지가 있어야 하는 일이다. 매끼 음식 재료를 준비하는 건 버겁고, 일하고 집에 가면 손 하나 까딱하기 싫어진다. 그렇다고 굶거나 대충 먹으면 절대로 몸이 좋아질 수 없다. 운동이 근육에 상처를 내서 단련하는 행위라면, 식단 관리는 상처 난 근육에 연고를 바르는 것이기 때문이다. 그러니 바쁘다고 몸에 상처만 내고 연고를 발라주지 않으면 운동은 노동과 다를 게 없다.

내가 원하는 몸은 건강한 몸이라기보다는 보기 좋은 몸이다. 건강도 중요하지만, 맨눈으로 보기에 누가 봐도 예쁜 몸이었으면 좋겠다. 나의 워너비는 프로 보디빌더 김성환으로, 그의 발끝이라도 따라가려면 다이어트는 필수다. 그의 유튜브를 보면 운동량보다 초라한 식단에 더 놀란다. 김성환 선수는 종일 운동만 하면서도 끼니를 오트밀과 달걀 흰자, 닭가슴살과 고구마로 때운다. 사람들은 오직 근사한 바디 프로필을 남기고 싶어서 보디빌더도 겨우 소화하는 가혹한 식단을 시도한다. 사진이 잘 나오려면 지방은 걷어내고 오로지 근육으로만 몸을 꽉 채워야 하기 때문이다. 기껏 운동했는데 몸이 지방으로 덮여 있으면 운동할 맛이 안 난다. 그러니 어쩔 수 없이 단출한 식단에 양까지 적게 먹는 것이다. 하지만 선수가 아닌 이상 이렇게 가혹한 다이어트는 너무 힘들어서 금세 포기하기 쉽고, 고생담으로 끝나기 십상이다.

원푸드 다이어트, 덴마크식 다이어트, 녹차 다이어트, 황제 다이어트, 저탄고지 다이어트 등 내가 수많은 다이어트를 시도해 보고 내린 결론이 있다. 그건 바로 지속이 어려운 다이어트는 실패로 끝날 수밖에 없다는 것. 그래서 난 지속 가능한 식단만 한다. 기본 식단은 밥 한 공기에 닭가슴살 하나이지만, 구내식당에서 먹게 되면 최대한 적게 먹으려고 노력한다. 나같이 평범한 사람이 건강을 해치지 않고 몸을 만들려면 점층적으로 몸에 변화를 줘야 한다. 급격한 다이어트는 힘들게 쌓아 올린 근력의 손실로 이어지고, 심하면 섭식 장애까지 부를 수 있다. 당연히 빨리 몸무게를 줄이면 좋겠지만, 그런 방식은 쉽게 정체기를 부른다. 급할수록 돌아가라는 말이 있다. 내가 보기에 가장 적절한 다이어트는 일주일에 500그램씩 빼는 것이다. 한 달에 2킬로그램 내외만 뺄 수 있다면 이상적이다. 운동량은 올리고 식사량은 적정하게 유지한다. 실천하기 쉽지 않지만, 다이어트는 꾸준히 해야 성공할 수 있다.

확실히 운동만 할 때보다 꾸준히 식단을 병행하니 몸이 더 좋아졌다. 식단을 하지 않을 때는 늘 배가 나와 있었는데, 음식을 가려 먹기 시작하면서 뱃살이 빠지고 근육이 훨씬 더 커지는 걸 느낄 수 있었다. 나처럼 먹는 데 진심인 사람도 다이어트에 성공할 수 있다. 난 긴 시간 노력해서 만든 내 몸에 큰 자부심을 느낀다. 물론 여전히 구내식당에 갈 때면 입꼬리가 올라가고, 녹초가 되어 퇴근해도 케이크 한입에 절로 콧노래가 나온다. 워낙 먹는 걸 즐기다 보니 끼니마다 행복하다. 배고픔을 참아가며 몸을 만드는 나 그리고 식도락에 취해 자지러지는 나. 두 모습 모두 사랑한다. 어느 한쪽에 치우치지 않은 그 중간 어디쯤에 건강하게 사는 내가 있다.

야식의 위로

한때 상사와 사이가 틀어지면서 엄청난 스트레스에 시달렸다. 프로젝트가 막바지에 몰리면서 예산 문제로 우리 팀이 궁지에 몰린 상황이었다. 상사는 거칠게 날 비난했고, 나는 그게 폭언인지 단순한 질책에 불과한지 헷갈려서 고민에 빠졌다. 그는 야비하게 폭언과 질책 사이를 아슬아슬하게 오갔는데, 난 직장인이라면 으레 누구든 그러고 사는 줄 알고 누군가에게 도움을 청할 엄두도 내지 못했다. 당시에 내가 어리기도 했지만, 상사가 부하의 생살여탈권을 쥐는 게 사내 분위기였다.

매일 봐야 하는 사람과 사이가 틀어지니 사무실에 앉아만 있어도 고역이었다. 그땐 회사가 너무 싫어서 〈아침마당〉을 틀어놓고 발기 부전에 고전하는 중년 아저씨가 하는 말을 듣다가 출근 시간을 놓치기도 했다. 간혹 밤을 새우고, 회사에 일찍 도착하면 건물 지하에 있는 프랜차이즈 커피숍에서 출근 시간 1분 전까지 버티다 사무실에 들어가기도 했다. 단 1초도 사무실에 머물고 싶지 않았다. 퇴근하면 퇴근했다는 안도감만큼 내일 출근해야 하는 운명에 절망했다. 나만 보면 노여워하는 상사는 인간 자체를 개조시키겠다며 식칼을 들고 내게 덤볐고, 난 조그만 자존심을 세워가며 항변했지만 끝내 병든 닭처럼 고개를 숙이고는 목을 내밀었다.

그는 나를 거침없이 파괴했고, 나는 테러 현장에서 겨우 살아남았다. 그와 같은 폭력을 지금 다시 겪는다면 버텨낼 수 있을지 잘 모르겠다. 당시에도 난 이겨낸 것이 아니라

버틴 것이기 때문이다. 당시에는 배가 부르면 다 나아질 수 있을 거라는 생각에 무조건 열심히 먹었다. 어려서부터 배가 든든해야 뭐든 할 수 있다고 배웠다. 뚱뚱하면 매력과 멀어지지만 우선 살고 봐야 했다. 상사를 향한 경멸을 가까스로 참아내고 그 분노의 에너지를 온전히 먹는 일에 쏟아부었다.

몸무게는 금세 늘었다. 몸은 마치 식빵처럼 불어났고, 숨소리가 쌕쌕거렸다. 두툼해진 뱃살은 물침대처럼 출렁거렸다. 분명히 저녁에 구내식당에서 제육과 상추에 밥을 산더미처럼 쌓아 먹었는데도 퇴근하면 기운이 없어서 군것질거리를 찾았다. 회사 건물을 나와 집으로 가는 길에는 세븐일레븐이 있었고, 난 아르바이트생과 눈을 마주치지 못하고 몽쉘과 신라면을 계산대에 올려놨다. 몸무게는 금세 10킬로그램 이상 불어났다. 지금에 와서 생각해 보면 어떻게 그처럼 무절제하게 살았는지 믿을 수 없다. 스무 해 넘게 유지해 오던 체형이 망가지고, 오직 방종으로 지탱하는 내가 무섭기도 했다. 요즘도 까딱 잘못하다가는 다시 그 시

운동의 참맛

절로 돌아갈지도 모른다는 불안감이 있다. 당시에는 이상하게 관능을 향한 욕구가 없었다. 야릇한 충동으로 외로운 밤을 달구던 나는 온데간데없이 사라지고, 오직 허기만 쨍쨍했다. 주변에 나를 위로해 줄 상대가 있을 것 같지 않았다. 딱 버림받은 개츠비 꼴이었다. 뜨끈한 라면 국물이 주는 따스함은 내가 쉽게 취할 수 있는 온기였다. 내가 내 몸을 위로하는 법을 배우는 거라면 과식도 빼놓을 수 없는 자구책임이 분명했다.

그 시기에는 운동도 놓아버렸다. 퇴근하고 소파에 늘어져서 곧잘 치킨을 시켜 먹었다. 치킨을 먹다가 목화밭에서 핍박받으며 혹사당하던 미국 노예들을 떠올렸다. 왜 그들이 퇴근하면 그렇게 닭튀김을 찾았는지 이해할 수 있을 것 같았다. 상사가 뱉은 모진 말이 뇌리를 떠나지 않았다. 튀김이 내 장기를 장악하면서 계속 설사를 했다. 그 와중에도 살겠다고 설사가 잠잠해지면 굽네치킨에서 구운 닭을 시켜 먹었다. '아무리 죽을 것 같아도 튀긴 닭은 안 될 말이지.' 노예들은 먹을 게 없어서 닭의 목이나 날개같이 살이 없는 부위를 먹었다지만, 나는 기왕이면 닭 다리나 가슴살을 골라 먹었다. 기어코 살아나겠다고 제로 콜라를 마시고 소금은 절대 찍지 않았다. 식욕은 점차 날 잠식했다. 처음에는 반 마리만 간신히 먹다가 나중에는 치킨 한 마리를 게 눈 감추듯 먹어 치웠다.

몸은 다 망가졌지만 나를 어려움에서 구해줬던 배달의민족에 끈끈한 유대감을 느꼈다. 밤이면 혼자 방에서 치킨을 흡입하며 나를 달래던 때에는 그들이 나와 한민족이었다. 그렇게 체중은 계속 불어났지만, 배달앱과 한민족이 되면서 버터낼 수 있었다. 내일 제숭계에 오르면서도 무거워지는 나를 막을 순 없었다. 치킨 무의 물을 따라내고 허겁지겁 뼈를 발라내며 닭 한 마리를 먹어 치우는 쾌감을 떨칠 수 없었다. 과식에 수반되는 필연적인 죄책감과 불쾌함을 잘 알면서도 메마르고 쪼그라든 마음을 감쪽같이 복구해주는 야식의 위로에 넘어갔다.

치킨이 질리면 보쌈이나 회를 시켜 먹었다. 치킨보다 비싸긴 한참 비쌌지만, 영양학적으로 더 나은 선택이라서 위

운동의 참맛

안으로 삼았다. 청양고추만 추가로 주문해서 지끈거리는 두통을 캡사이신으로 달랬다. 교감신경에 양념을 치니 이상하게 기분이 고조돼서 얼얼한 입으로 미친 사람처럼 웃어젖히곤 했다. 그래도 정신머리는 남아 있어서 피자와 파스타는 삼갔다. 죽을 때 죽더라도 밀가루는 금물이었다. 피자와 파스타는 소개팅 만남 용도 외에는 백해무익한 밀가루 덩이다. 버거킹에 가더라도 감자튀김 대신 코울슬로를 먹는 것과 같은 이치다. 구차해 보여도 어쩔 수 없다. 최선이 불가능하다면 차악을 택해야 하니까. 열 받는다고 라면네 봉지에 대창이나 곱창 같은 것을 먹으면 파멸로 가는 길에 삽질하는 꼴이다. 그 정도면 복구는 절대 불가능하다. 나는 뭐가 됐든 이 힘든 시기를 견뎌서 살아내야 했다.

〈생로병사의 비밀〉을 보니 스트레스는 교감신경계를 자극해 식욕을 증가시킨다고 한다. 그걸 풀어줄 곳이 없으니, 야식에 손이 간 것이다. 간신히 버티던 이성이 끊어지면서 헬스장조차 갈 수 없었다. 퇴근하면 우울해져서 아무 힘도 낼 수 없었다. 내가 운동도 못 할 만큼 망가졌다고 생각하면 견딜 수 없는 자괴감이 들었다. '고작 그런 인간 때문에 삶이 휘둘리다니. 내가 그렇게 못난 인간이었나. 누구나 흔히 하는 아부 하나 못 해서 이런 꼴을 당하나.' 그때 내 인생을 망치러 온 유일한 구원자는 배달의 민족이었다. 상사에게 종일 시달리다 퇴근하고 집에 돌아오면 바로 침대에 누워서 배달의 민족에게 구호 요청을 했다. 굽네치킨 쿠폰이 냉장고 문을 가득 메웠다.

끝내 무너지지 않고 간신히 식욕을 통제할 수 있었던 건 헬스장 관장님 덕분이었다. 헬스장에 한참 동안 가지 않았더니, 관장님으로부터 전화기 왔다. 내가 빌빌거리는 소리를 하자 관장님은 판관 포청천처럼 버럭 화를 내시더니 당장 헬스장으로 오지 않으면 집으로 찾아가겠다고 반협박 조로 말을 이었다. 난 그 무시무시한 팔뚝이 두렵기도 했지만, 그 마음이 고마워서 다시 헬스장을 찾을 수밖에 없었다.

그때부터 관장님의 지휘 아래 평소 하던 운동 시간보다 30분을 더 늘리고, 쉬는 시간도 거의 없이 몸을 혹사했더니 식욕은 자연스레 뚝 떨어졌다. 땀을 뻘뻘 흘리고 비틀거리

운동의 참맛

면서 샤워실에 들어가면 아무것도 먹기 싫어서 단백질 셰이크도 겨우 마셨다. 운동으로 스트레스를 해소하니 식욕 통제도 쉬워진 것이었다. 이처럼 당시 내 몸에 관한 이야기는 유쾌한 콧노래가 아니다. 처절하고 엄숙한 장송곡에 가깝다. 영화 〈지옥의 묵시록〉에나 나올법한 선율을 떠올리면 된다.

굴레와 같은 탐닉이 자아낸 기행은 자괴감을 불러온다. 난 누구에게나 그런 시절이 있다고 생각하며, 다시는 그때로 돌아가지 않기 위해서 요즘도 헬스장에 가고, 치킨 대신 닭가슴살을 데워 먹는다. 아니, 그런 시절이 오더라도 피해를 최소화하기 위해서 체력과 근육을 비축한다. 벼랑에서 떨어지더라도 적당히 넘어진 수준이어야 툭툭 털고 다시 일어날 수 있다. 그냥 굴러버리면 기어 올라오는 데만도 한참 걸린다. 마라탕을 먹어도 건더기만 건져 먹고, 고기를 먹어도 비계는 떼고 먹는다.

난 나를 괴롭히던 상사와 발령 부서가 달라지면서 다시 일상의 루틴을 되찾았다. 삶이 정상궤도로 돌아오면서 새로운 인연을 만날 수 있었다. 다시 헬스장을 다니고 예전 몸을 되찾고 나서야 그 시절은 아주 특이한 과거로 남았다.

운동의 참맛

에코 스프링과 프로틴 음료

레이먼드 카버, 어니스트 헤밍웨이, 스콧 피츠제럴드, 존 치버의 공통점은 술이다. 이들은 흔히 위대한 작품과 술은 떼려야 뗄 수 없는 관계라고 우길 때 거론되는 작가들이다. 어느 정도냐면 문장마다 술 냄새가 풀풀 난다. 몽롱하게 취한 상태가 창작에 영감을 불어넣을 수 있다는 환상은 홍상수 영화에서만 풍겨나오는 게 아니다. 이들뿐 아니라 노벨 문학상을 받은 미국인 작가 여섯 명 중 네 명이 알코올 중독자라는 게 술과 작품의 상관관계를 증명해 낸다.

술 냄새가 진동하는 소설은 실제 그들의 삶을 망가뜨렸고, 재정 상태를 파탄 냈으며 평생 따라다닐 꼬리표처럼 사고를 유발해 나무위키 여담 코너를 아기자기하게 꾸며냈다. 어디 그뿐인가! 그들은 과음으로 친구를 잃고, 병에 걸렸으며, 배우자와 헤어졌고, 아이를 학대한 혐의로 잡혀가기까지 했다. 당연한 절차로 직장에서 해고되면서 오직 글에만 집중할 수밖에 없었다. 과음과 파국은 일맥상통하니까. 하지만 잊지 말아야 할 건 파국과 소설 사이에도 샛강이 흐른다는 사실이다. 위대한 작가들은 술병이 나뒹구는 비극의 레퍼토리를 앞세워서 취기 가득한 이야기를 지어냈다.

난 취한 작가의 글을 읽을 때 덩달아 술을 마시고 싶다. 소주와 찌개를 소반에 차려놓고 거나하게 판을 벌이고 싶다. 나도 그들처럼 술 냄새가 밴 문장을 쓰고 싶다. 라면 국물은 벌컥벌컥 잘도 마시면서 몸이 망가질까 맥주 한 잔에도 벌벌 기는 내가 싫다. 단조롭다 못해 한 치의 엇나감도

운동의 참맛

없는 일과가 오히려 날 더 초조하게 만든다. 질서 정연하게 사는데 무슨 초조함일까? 그건 내가 세상에 관해 뭘 모르는 게 아닐까 하는 불안이다. 취한 눈으로 보는 세상을 알지 못하고, 술자리에서 벌어지는 마법 같은 기적을 이해하지 못하니까. 허튼 생각으로 들릴지 모르지만 난 정말로 취하지 못해 괴로워한다. 스콧 피츠제럴드도 생전에 이런 말을 하지 않았나. "술을 마시면 감정이 고양되고 나는 그런 감정을 이야기로 담아내지. 맨정신으로 쓴 소설들은 시시해. 그건 감정 없이 이성으로만 쓴 글이니까."

이런 얘기를 듣고 있으면 맨정신으로 사는 게 오히려 손해 보는 기분이다. 매일 헬스장이나 들락거리는 무명작가 박 아무개는 정말 이성으로만 글을 쓰는 걸지도 모른다. 일류 작가는 밤의 밑바닥에 떨어진 회한을 안주 삼아 술잔 채우는 속도를 높여가는데, 난 고작 카페에 앉아 눈알을 굴리면서 전락의 스펙터클을 상상하며 취기를 흉내 낸다. 왠지 술이 없으니 가짜 몰락처럼 느껴지는 건 왜일까? 술 한 잔만 들어가도 점심때 먹은 밥이 자동으로 똠얌꿍이 돼버리는 나로서는 술잔이 빚어내는 드라마를 흉내 내서 써볼 뿐이다.

내가 술을 싫어하는 건 몸에 안 맞기도 하지만 운동 때문이다. 술과 보디빌딩은 함께 갈 수 없다. 특히 몸을 만들겠다면서 술을 마신다는 건 헬스장에서 두 배로 고생하겠다는 말과 다름없다. 술은 몸의 밸런스를 무너뜨리고 근육을 앗아가며 무엇보다 일상 루틴을 망가뜨린다.

무엇보다 헬스는 무조건 똑바로 선 자세가 기본인데, 술은 세상을 비스듬하게 기울인다. 술잔을 기울일 때 몸이 기울어지는 것처럼 꼿꼿하게 선 나를 비정상으로 치부한다. 이러다 보니 운동 시간을 늘려가면서 술 모임이 하나씩 사라졌다. 그러고 보면 몇 년 사이에 술을 마시면서까지 챙겨야 할 인간관계가 확연히 줄었다. 다행히 회사에서도 더는 술을 권하지 않는다. 회식을 종용하는 분위기도 사라졌다. 불과 몇 년 전만 해도 상사가 술잔을 채우면서 사회생활의 기본은 술이라면서 적어도 먹는 연습이라도 하라며 퉁박을 줬는데, 이제는 회사에서도 떳떳하게 술 마시지 않는 캐릭

운동의 참맛

터로 자리매김했다. 그 과정에서 어느새 술기운 없이도 이야기를 나눌 수 있는 관계만 남았다. 술병 없이도 너끈히 서너 시간은 떠들 수 있다. 술 없이도 노래방에서 잘만 논다.

당연히 운동하고 나서 마시는 술도 몸에 좋지 않다. 아무리 운동을 열심히 해도 술을 마시면 체내 단백질 합성이 저해된다. 몸이 알코올을 분해하느라 지쳐서 근육을 제대로 만들어 내지 못한다. 간에서 술을 해독하느라 근육이 회복할 시간을 갖지 못하는 것이다. 그러니 충분히 잤는데도 피곤하고, 가까스로 점심 즈음에 일어나 얼큰한 짬뽕을 찾는 것이다. 이뿐만 아니라 술자리에 가면 안주 때문에 살이 찐다. 술에도 지방이 많은데 안주에는 맵고 짜고 단 자극적인 음식뿐이니까. 나처럼 술이 약하면 알탕에 오돌뼈를 시키며 안주발만 잔뜩 세우다가 후회하기 마련이다.

그래도 잊지 말아야 할 사실은 술만 마시는 것보다는 술을 마시더라도 소소하게 운동을 하는 게 더 낫다는 것이다. 적당히 마신다면 술은 몸의 긴장을 풀어준다. 내게도 간혹 술자리가 생긴다. 지난주에도 연남동의 와인바에서 모임이 있었다. 어디서 본 건 있어서 오크통에 오래 숙성시킨 부르고뉴 레드 와인을 주문했다. 한 모금 넘겼더니 맛이 깔끔한데도 여운이 묵직했다. 이상하게 술술 넘어갔다. 기분이 좋아졌고, 별 이유도 없이 손뼉을 치며 깔깔댔다. 술 마시는 건 싫어하지만 사람들과 얘기 나누는 건 좋아하니까. 취한 사람은 골치를 아프게 하지만, 취기에 나오는 말은 확실히 귀에 감긴다. 와인 잔을 쨍하고 부딪치며 대화를 나누니 삶이 한결 수월하게 느껴졌다. 몸이 노곤해지면서 분위기가 달아올랐다.

그렇게 자정이 넘도록 마셨더니 다음 날 몸을 꿈쩍도 할 수 없었다. 속이 메슥거리고 구역질이 나서 오스트랄로피테쿠스처럼 걸었다. 이렇다 할지라도 운동할 방법이 없는 건 아니다. 다년간의 경험을 바탕으로 회사 건물에 있는 편의점에서 포카리스웨트 1.5리터 한 통을 사서 한 시간 내에 비웠다. 고스란히 그 페트병에 물을 가득 채우고 오전에 모두 마셨다. 계속 화장실을 들락거리는 과정에서 컨디션이 돌아왔다. 점심 운동은 도저히 할 수 없었지만, 저녁 운동

운동의 참맛

은 평소와 같이 소화할 수 있었다.

친구들은 내게 같이 마시지 않는다고 싫은 소리를 하면
서도, 술자리가 생기면 꼬박꼬박 날 불러냈다. 그건 아마도
내가 강냉이인지 뻥튀기인지 모를 과자만 먹으면서도 그
들이 하는 말을 귀담아서 듣기 때문일 것이다. 난 헬스장에
들러 운동을 한 다음, 약속에 합류해 단백질 음료를 마시면
서 친구들과 어울렸다. 안주발을 세우면서 뻔한 얘기와 비
틀린 웃음이 난무하는 가운데 이리저리 치우치는 그들의
가엾은 모습을 관찰했다. 당장이라도 술을 마실 것처럼 잔
에 술을 받지만, 사실 입에는 대지 않고 사람들의 얘기에
심취한다. 난 취중에 기적처럼 진심이 드러나는 순간이 오
길 참을성 있게 기다릴 줄 안다. 새벽 4시쯤 되면 갈 놈은
다 가고 진짜 엑기스 같은 이야기가 오간다.

새벽녘 술판은 술이 가진 망각이라는 효능을 앞세워서
사람을 대범하고 과감하게 만들었다. 난 술자리가 파할 때
까지 먹태를 질겅질겅 씹으면서 뇌리에 박아둔 얘기를 잘
메모해 뒀다. 다들 우르르 일어나 집으로 가도 끝까지 버티

면서 묻고 답했던 노동의 대가였다. 술자리 대화는 시간이 지나고 보면 알맹이는 없고 결국은 무의미하게 흩어질 얘기였지만, 내겐 삶의 아이러니를 드러내는 유머였다. 후회, 회한, 치기, 원망과 같이 매캐한 감정도 글로 옮기면 근사하게 보였다.

테네시 윌리엄스의 희곡 〈뜨거운 양철지붕 위의 고양이〉에는 이런 표현이 나온다. "에코 스프링Echo Spring으로 짧은 여행을 다녀오려고요." 에코 스프링은 버번위스키 브랜드명에서 따온 단어로 '작은 술 진열장'이란 뜻이다. 취기의 상징적인 표현으로, 술을 마시며 잠시나마 골치 아픈 생각을 잊고 고요하면서도 몽롱한 상태에 빠지는 걸 의미한다. 작가들은 치열한 '창작의 고통' 속에서 술로 에코 스프링과 같은 작은 위안을 얻었다. 반면 나는 글이 잘 써지지 않을 때 술 대신 어김없이 헬스장에 가서 프로틴 음료를 마셨다. 근육이 찢어지고 늘어나면서 느껴지는 통각이 현기증으로 올라올 때 나는 에코 스프링에 다다랐다. 정신이 나른해지고, 다리가 휘청이면서 프로틴 한 모금에 취해버렸다.

운동의 참맛

오늘도 난

수많은 헬스인이 규칙적으로 운동하는 것보다 꾸준히 식단을 지키는 게 더 어렵다고 말한다. 나도 그중 하나다. 마음껏 먹되 운동만 열심히 하면 몸매 관리가 될 줄 알았는데, 고대 도시 폼페이가 베수비오 화산의 화산재에 묻혔던 것처럼 탄탄했던 내 몸은 살덩이에 묻혀 사라졌다. 폼페이처럼 원형을 고스란히 복원할 수 있을 거라는 믿음을 가지고, 지금 이 순간에도 잘 넘어가지 않는 뻑뻑한 닭가슴살을 꾸역꾸역 삼키고 있지만, 튀기거나 짠 걸 곁들이지 않기란 여전히 어렵다.

헬린이 시절에는 식단으로 인한 스트레스는 적었다. 이왕 운동했으니 좀 더 건강하게 먹자는 마음이었다. 좋아질 것밖에 없는 몸이었기 때문이다. 흰쌀밥에 고기나 생선, 찌개, 푸른 채소까지 열량은 따지지 않고 배부르게 먹었다. 한때는 요즘 유행하는 저탄고지 다이어트처럼 밥 없이 고기만 주야장천 먹기도 했다. 여러 시행착오를 거친 끝에 나에게 맞는 식단을 찾았지만, 그래도 여전히 체중 유지는 쉽지 않다.

식단을 꾸준히 유지하려면 무엇보다 오랫동안 먹어도 질리지 않을 메뉴로 꾸리는 게 관건이다. 그래야 건강뿐만 아니라 다이어트 효과도 기대할 수 있기 때문이다. 다양한 식품이 있지만, 내가 어떤 식단에서도 꼭 챙기는 건 달걀이다. 영양학적으로 완벽할 뿐 아니라 어디서든 쉽게 구할 수 있기 때문이다. 나는 시간이 되면 아침 식사로 달걀 여섯 개 정도를 프라이해서 먹는다. 달걀은 근육 회복에 좋아서 운동인에게 제격이다. 그냥 먹으면 밍밍해서 소금을 살짝 치기도 하는데 최근에 출시된 무설탕 케첩을 곁들이면 더 맛있게 먹을 수 있다. 달걀 다음으로 주된 단백질원은 닭가슴살이다. 난 여러모로 닭에게 많은 걸 의지하며 살고 있다. 나는 늘 냉동 닭가슴살을 구비해 두는데, 전자레인지에 돌리면 바로 먹을 수 있기 때문이다. 닭가슴살을 먹을 때 가장 큰 고민은 뻑뻑한 식감인데, 마늘과 아스파라거스, 방울토마토를 살짝 구워서 올리브오일과 곁들여 먹으면 맛있게 먹을 수 있다.

어류단백질로는 틸라피아가 좋다. 닭보다는 아무래도 콜레스테롤이 낮아서 종종 먹는다. 코를 킁킁거리면 비린내가 살짝 돌지만, 닭가슴살보다 식감이 부드럽고 레몬과 파슬리를 뿌리고 구우면 비린내를 잡을 수 있다. 소고기는 비싸서 거의 못 먹지만 지갑 사정이 괜찮으면 채끝살이나 안심, 우둔살처럼 기름이 적은 부위를 먹는다. 돼지고기는 단백질이 풍부하면서도 싸고 맛도 좋아서 자주 먹었지만 건강을 생각해서 붉은 육류는 대체로 줄이는 추세다. 가뜩이나 외식하면 주로 제육볶음이나 삼겹살을 먹어서 식단에 추가로 넣을 필요는 없다. 그밖에 버섯과 두부는 식물단백질을 섭취할 수 있는 좋은 재료라서 자주 먹으려고 노력한다.

그다음으로 탄수화물은 우리 몸의 필수영양소이지만 가능하면 적게 먹는 게 좋다. 우린 평소에 습관적으로 너무 많은 탄수화물을 먹기 때문이다. 그래서 나는 빵집은 유럽 여행 가는 빈도로만 가고, 밥도 반 공기만 먹는다. 흰쌀밥보다는 당연히 현미밥이 좋은데 너무 뻑뻑하다 싶으면 찰현미를 섞어서 먹기도 한다. 허기가 지면 오트밀로 보충한다. 탄수화물 식품 중 보기 드문 완전식품으로 쌀보다 단백질 함량이 두 배 높은데 가격은 싼 편이다. 다만 식감이 흐물흐물한 종이를 씹는 것 같아서 거북할 수 있는데 먹다 보면 금방 적응된다.

과일은 대체로 피하는 편이다. 당류라 많이 먹으면 살이 찔 수밖에 없다(과일은 살찌지 않는다는 말은 다 거짓말이다!). 과일로 볼 수 없는 방울토마토는 괜찮지만, 포도, 딸기, 오렌지는 모두 다이어트의 적이니 멀리하는 게 이롭다. 정 과일이 먹고 싶으면 블루베리나 바나나로 타협하자.

이제 지방이다. 대체로 지방을 불필요한 영양소라고 생각하지만 그렇지 않다. 일단 아몬드에 든 지방은 우리 몸에 좋다. 구운 아몬드는 그냥 먹어도 맛있고, 저지방 요구르트에 블루베리와 곁들어 먹으면 맛과 영양, 두 마리 토끼를 모두 잡을 수 있다. 나는 아몬드 음료인 아몬드 브리즈를 즐겨 먹는데, 단백질 가루를 타면 식감도 좋을뿐더러 맛은 더 좋아진다. 한 가지 더! 땅콩버터는 좋은 콜레스테롤로 남성 호르몬 증가에 도움이 된다. 게다가 포만감도 챙겨주니 일거양득이다. 뭔가 단 걸 먹고 싶을 땐 고구마나 프로틴 바를 즐겨 먹는다. 다만 프로틴 바는 포화지방이 낮은 것으로 먹어야 한다.

니코스 카잔차키스가 실존 인물을 모델로 쓴 소설《그리스인 조르바》에서 조르바는 이런 말을 한다. "당신이 먹은 음식으로 뭘 하는지 가르쳐 주면 난 당신이 어떤 사람인지 말해줄 수 있다오." 나는 식단의 고역스러움에 시달릴 때마다 조르바의 이 호전적인 말을 떠올리곤 한다. 난 어렵사리 식단을 관리하면서 뭘 얻고자 하는 걸까?

헬스에서 보통 운동이 잘될 때 "근육이 잘 먹는다"는 표현을 쓴다. 가슴 운동을 할 때 가슴에 펌핑이 잘되면, 가슴으로 잘 먹고 있다고 말하는 식이다. 나도 조르바처럼 내가 공들여서 잘 먹인 근육을 일과 좋은 유머에 쓰고 싶다. 열심히 운동하고 건강하게 먹으며 조르바처럼 매력적인 캐릭터로 거듭나고 싶다. 그래서 오늘도 난 근육통과 뻑뻑한 닭가슴살을 기꺼이 감내한다.

운동의 참맛

Part 3

나를 사랑하기로 했습니다

새로운 마음가짐으로

　최근 내가 사는 동네에 헬스장이 새로 생겼다. 오랫동안 다닌 헬스장의 회원권이 만료된 김에 큰맘 먹고 신장개업한 곳을 찾았다. 헬스장 입구에는 족히 100개는 훌쩍 넘어 보이는 화환이 줄 맞춰 늘어서 있었다. 보디빌더 선수 출신인 사장님의 '인싸력'을 확인할 수 있었다. 보디빌딩은 고독하게 혼자서 훈련하는 운동이라서 인맥을 쌓기에 어려운 활동이라고 생각했는데 요즘 인스타그램을 보면 그야말로 편견이다. 유명한 보디빌더는 웬만한 연예인 못지않은 팔로워 수를 자랑한다. 몸이 좋으면 주변에 사람이 모이게 마련이니까. 과거에 사람들은 몸을 키운다고 하면 왠지 모르게 상스럽고 폭력적인 이미지를 연상했지만, 요즘에는 올바른 정신과 규칙적인 생활을 떠올린다. 만화 〈식객〉에서 뻑뻑한 닭가슴살을 먹으면서 운동하는 김준호 보디빌더를 '도시의 수도승'이라고 칭한 것도 틀린 말이 아니다.

금테로 두른 헬스장 문을 열자 기다렸다는 듯이 사장님이 성큼성큼 다가왔다. 광배근 때문에 걸음걸이가 어색했다. "어서 오세요! 편하게 구경하세요. 기구 전부 독일제 최신식이니 한번 체험해 보세요." 문득 사장님의 인플루언싱은 저 우람한 팔뚝에서 나오는 게 아닐까 생각했다. 저 팔뚝하나로 인간관계의 수많은 갈등과 번민을 손쉽게 정리할수 있었겠지. 문 앞에 세워진 저 많은 화환도 저 팔뚝이 만들어 낸 위엄일까. 그게 무슨 소리냐, 수도승이라니까!

헬스장 등록비는 내가 다니던 곳보다 세 배나 비쌌지만, 오픈 기념 할인 중이라서 마음먹고 질렀다. 사장님의 팔뚝

운동의 참맛

에 위축되어 엉겁결에 신용카드를 내민 건 아니었다. 나도 그처럼 두꺼운 팔뚝과 쫙쫙 갈라지는 하체를 갖고 싶었다. 그의 화려한 수상 경력 노하우를 흡수하고 싶었다. '피부가 진짜 구릿빛이네. 현역도 아니신데 태닝을 하신 건가.' 피부가 반짝이는 걸 보니 분명히 오일 같은 걸 바른 것 같았다. 팔뚝이 어찌나 두꺼운지 순간 통돼지 바비큐를 떠올렸다.

노 젓는 로잉머신도 독일제라 그런지 벤츠처럼 고급스러웠고, 고정식 자전거 에르고미터는 내 몸의 바이오리듬을 수치화해서 그래프로 보여줬다. 심지어 산소호흡기가 달린 러닝머신도 있었다. 심장 모니터 전극과 대형 텔레비전 스크린이 달린 장비였다. 퇴근하고 헬스장에 들른 열 명 안팎의 직장인들이 산소호흡기를 끼고 〈라디오스타〉를 보는 모습을 상상이나 한 적이 있던가! 독설가로 유명했던 조지 오웰이 이 모습을 봤다면 이들이 바로 '빅 브라더'의 노예들이라며 길길이 날뛰었을 것이다. 트레드밀이 너무 좋아 보여서 올라탔다. 〈고등래퍼〉 재방송을 보면서 제자리를 달리니 무릉도원에서 하는 신선놀음 못지않았다. 이게 흔히 말하는 기구 버프buff인가.

　새로운 공간에서 운동을 시작하려니 감회가 새로웠다. 그간 나의 부침은 절대로 게으름과 노화 탓이 아니었다. 다 공간 때문이었다. 과거에 몇 차례 슬럼프가 왔을 땐 장비 탓을 하며 열심히 쇼핑을 했더랬다. 리프팅화를 새로 사고, 장갑과 머슬핏 티셔츠를 사면 쉽게 리프레시할 수 있었다. 새 착장으로 기분 전환이 되면서 헬스장 출석률도 덩달아 올라갔다. 근데 최근에는 아무리 운동을 열심히 해도 차도가 없었다. 신제품을 몸에 두르고 용을 써도 별수 없었다. 금융 치료로 호전되지 않으니 다른 방도가 필요했다. 그때 인스타그램에서 아방궁 같은 이 헬스장을 본 것이다. 최신식 설비에 유튜브로만 보던 기구를 쓰니 그간 쌓인 권태감이 씻은 듯 나아졌다.

　내가 수년간 다닌 헬스장 등록비가 싸긴 쌌다. 일부 기구는 녹이 슬고, 스미스 머신이나 파워렉도 한 개뿐이었다. 진짜 고수는 장비 탓을 하지 않는다지만… 난 고수가 아니라서 그런지 그곳이 점점 지겨워졌다. 구력이 족히 30년은 넘어 보이는 베테랑 어르신들과 섞여서 극찬과 코칭을 번갈아 받으며 인생을 배우는 것도 나쁘진 않았지만, 시설 좋은 곳에서 내 나이보다 어린 젊은이들의 힘을 받고 싶었다. 거대한 근육을 지닌 청년들 사이에서 운동하면 당연히 더 단단한 정신적 자극을 받을 수 있을 거라는 기대도 있었다. 아닌 게 아니라 개업한 지 한 달도 안 된 헬스장에는 이른 시간인데도 형형색색 운동복을 입은 회원들이 많이 보였다. 방학이라 그런지 학생들도 많이 보였다. 그들의 기에 살짝 눌리기는 했지만, 내가 딱 원한 분위기였다.

헬스장은 기구뿐 아니라 조명도 남달랐다. 무심코 단백질 셰이커를 흔들다가 거울을 보니 어깨에 복압 벨트를 걸친 내 모습이 〈머슬앤피트니스〉나 〈맨즈헬스〉 잡지 화보에 등장하는 모델처럼 근사해 보였다. 의기양양해진 난 몸도 제대로 풀지 않고, 바로 쇳덩이를 어깨에 얹었다. 쇳덩이라고 부르기에는 딱 봐도 값비싸 보이는 엘리코 바벨이었다. 명품 바벨이라고 더 가벼울 리 없는데 어쩐지 더 가뿐하게 한 세트를 마쳤다. 몸에 피가 돌기 시작하면서 강렬한 통증이 올라왔다. 숨이 넘어갈 듯 헉헉대며 기분을 따라가지 못하는 몸의 참을 수 없는 무거움을 생각했다. 최근 들어 하체가 약해졌다지만 고작 140킬로그램에 무너지다니…. 세월이 야속할 뿐이었다. 그렇다. 한 해 한 해 들어 올리는 무게가 줄어들고 있다. 너무 명백하게 떨어지고 있어서 이제 도망칠 구석이 없다. 이제 어디 가서 3대 500(헬스 3대 운동인 스쿼트, 벤치프레스, 데드리프트 중량 도합이 500킬로그램 이상 되는 것을 뜻한다) 친다고 허풍은 못 치리라.

그때 누가 창문을 열었는지 햇살이 들이치자 사면에 붙은 거울에 내 몸이 적나라하게 드러났다. 마치 포토샵을 하기 전의 원본처럼 초라한 몸뚱이가 눈에 들어왔다. 남성잡지 화보는커녕 나약한 사내의 당혹한 얼굴이 흉측했다. 내가 알던 강인하고 날렵한 몸매는 온데간데없고 굼뜨고 느려 터진 아저씨가 거울 속에서 숨을 몰아쉬고 있었다. 난 성급히 눈을 피했다. 표정을 가다듬고 단백질 파우더의 달곰씁쓸한 맛을 음미했다.

누가 볼세라 10킬로그램 바벨을 빼고 다시 스쿼트를 시작했다. 허벅지에 통증이 차오르면서 통각이 점점 마비되기 시작했다. 옆자리에 아리따운 여성분이 바벨을 옮기느라 끙끙대고 있었지만, 힘에 부치니 전혀 신경 쓸 수 없었다. '이제 허세가 통하지 않는 나이로구나.' 힘이 빠지는 게 꼭 주식 급락장처럼 가팔랐다. 가쁜 호흡을 진정시키며 저 멀리 GX룸(Group Exercise의 약자로 요가나 필라테스 등 단체 운동을 하는 방을 말한다)에서 몸을 푸는 한 무리를 구경했다. 제발 '쫄쫄이' 런닝만은 입지 말라고 충고하고 싶은 아저씨들이 트레이너의 우렁찬 구령에 맞춰서 자세를 잡고 있었다.

이곳은 일일 PT 가격이 무려 한 시간에 10만 원이나 했다. 온갖 수상 경력을 자랑하는 젊고 잘생긴 트레이너가 우람한 근육을 뽐내며 회원들의 자세를 잡아주고 있었다. 어쩌면 나도 더 열심히 운동했다면 트레이너가 될 수 있지 않았을까? 이렇게 평범한 직장인으로 사느니 운동에 올인했으면 몸이 더 좋아지지 않았을까? 안 돌아가는 머리로 책상머리에서 씨름하느니 쇳덩이와 싸우는 게 내 운명 아니었을까?

한때 멋모르고 체육인으로 사는 삶을 꿈꿨다. 육체적 실감이 세상 모든 문학적 수사보다 더 현현할 때, 만약 노동이 운동이라면 얼마나 행복할까 상상했다. 랩을 하며 돈을 버는 래퍼보다 행복할 것 같았다. 골을 넣으면서 매주 수억씩 버는 손흥민보다 더 역동적으로 살고 싶었다. 그러면 출근해서 운동하고, 일하면서 운동하고, 퇴근해서 운동할 수 있을 텐데. 그럼, 가책 없이 저녁엔 삼겹살에 소주를 마시고 다음 날엔 해장으로 임연수어를 흡입할 텐데. 그렇게 해도 내 몸은 점점 더 조각처럼 매끈해져서 화려한 밤에 아주 유용하게 쓰였을 텐데. 운동 중에 쓸데없는 잡념이 끼어드는 걸 보니 이제 운동을 마칠 때가 온 모양이다.

새로 개업한 곳이라 그런지 샤워실에 배치된 물비누마저 고급스러워 보였다. 요즘처럼 경기가 어려울 때 바우하우스풍의 헬스장을 차릴 수 있는 사장님의 재력이 부러워진다. 역시 돈은 없는 사람만 없지. 불황이다 뭐다 해도 있는 사람은 척척 새로운 걸 한다. 샤워실 거울을 보니 내 하체가 보기 좋게 부풀어 있었다. 복부는 마음이 아파서 눈여겨보지 않았다. 오늘 밤은 진짜 사과 한 쪽만 먹고 자야지.

난 힘들 땐 힙합을 춰

난 지적 허영을 짤랑거리는 장신구처럼 달고 다닌다. 스피노자의 잠언 "깊게 파기 위해서 넓게 파기 시작했다"는 말을 어디서든 아는 척을 하려면 뭐든 얕게라도 알아둬야 한다는 말로 이해한다. 그래서 내게는 뭘 접하든 이것저것 주워들으며 감만 잡다가 조금 복잡해질라치면 돌아서는 패턴이 생겼다. 깊게 파려고 넓게 팠는데 지쳐서 삽을 내려놓고 다른 웅덩이를 찾아 나서는 꼴이다. 호기심이 많아서 이곳저곳 기웃거리니 재미는 있는데, 스페셜리스트와는 멀어져 버렸다. 짤랑짤랑하는 뜨내기보다 제너럴리스트가 되기 위해 최선을 다하는 쪽이다.

음악 감상도 마찬가지라 플레이리스트에 이름난 클래식 교향곡 번호를 올려두지만, 그냥 남들이 좋다고 하니 따라 듣는 정도다. 누구나 알만한 곡을 들으면 취향보다는 허영을 더 즐길 수 있다. 듣다가 지루해도 곡이 가진 명성과 그에 따라붙는 정보를 습득하면서 고개를 끄덕인다. 가령 베토벤이 쓴 〈마지막 4중주〉에 관한 얘기가 나오면 16번 마지막 악장 첫 페이지에 적힌 "그래야만 하는가? 그래야만 한다!(Muss es sein? Es Muss Sein)"라는 말을 얹을 수 있지만, 우연히 들린 카페에서 평온함이 돋보이는 마지막 악장이 흘러나와도 난 누구의 음악인지 몰라 갸우뚱한다. 겉만 번지르르한 지식이다 보니 속은 텅 빈 깡통이다.

프랑스 사회학자 피에르 부르디외는 현대 사회에서 예술 감상은 물론 어떤 옷을 입고 뭘 먹는지가 그 사람의 계급을 표상할 수 있다고 얘기했다. 내가 아무리 개인의 취향이라고 바득바득 우겨봤자 기호라는 건 알게 모르게 출신 계급을 반영한다. 그러니 인스타그램에 고급스러운 취향을 드러내려는 사람이 많은 것도 이상한 일이 아니다. 취향은 계급적 과시의 일종으로 볼 수 있다. 내가 자주 사용하는 "있어 보인다"라는 표현에도 우열을 내포하는 의미가 있다. 지적이고 훤칠한 외모를 보니 '사는 집 애'라고 여겨질 때 있어 보인다고 말하지 않나. 난 살면서 그 '있음'의 범주에 들기 위해 무던히 노력했다. 책을 읽든 영화를 보든 심지어 운동할 때도 없는 걸 있어 보이게 하려고 제대로 하려고 했다. 그렇다고 있어 보이기만 하고 없는 건 싫어서 더 초조했던 것 같기도 하다. 그런 의미에서 클래식 음악은 내가 넘볼 수 없는 저 너머 영역으로 느껴졌다. 난 억지로라도 내 취향에 클래식 음악을 추가해서 내 계층 배경을 있어 보이는 무엇으로 둔갑시키려고 애를 썼다.

오직 순수한 땀방울과 삶을 향한 열정만 있으면 될 것 같은 헬스에도 계급의식이 있다. 난 어려서부터 왜소한 체격과 작은 키로 스트레스를 받으며 자랐다. 깔창이 나오던 초창기부터 그것을 애용했고, 키가 커 보이기 위해 옷에 돈을 아끼지 않았다. 거의 스키점프 자세로 거리를 활보할 무렵에야 발목에 무리가 와서 깔창을 뺄 수 있었다. 그러다가 만난 헬스는 없는 내가 있어 보일 수 있는 수단이었다. 태어날 때부터 있어 보이는 애들 앞에서 흉부를 펴고 얘기할 수 있었다. 난 어디 가서 헬스는 내게 건강한 정신과 단단한 체력을 선사해 삶을 바꾸게 했다고 얘기했지만, 정작 내게 가장 중요한 목표는 어딜 가든 꿀리지 않는 몸을 만드는 것이었다. 왜소하다고 평가 절하되지 않고 볼품없다고 무시당하지 않는 사람이 되고 싶어 헬스장을 다니기 시작했다. 그리고 헬스는 내 지겨운 열등감을 상당 부분 해소해 주었다.

긴 시간 운동하면서 특출날 건 없어도 건강해진 몸을 만들고 나니, 근력은 이제 내 가장 큰 자산이 되었다. 문화 소양이나 학력과 같은 건 말마따나 몇 시간을 떠들어야 드러나지만, 몸뚱이는 첫 만남부터 고스란히 시야에 들어온다. 인스타그램에 접촉하면 사용자들이 가장 먼저 보는 것이

인플루언서의 외모 아닌가. 난 어려서부터 금전상의 여유와 지성을 갖추기 위해 무던히 노력했지만, 정작 가장 열심히 몰두한 건 쓸만한 몸을 만드는 헬스였다. 어딜 가든 기죽지 않기 위해 매일 헬스장에 출근했다. 손쉽게 사람을 구별 짓는 세상에서 조금이라도 우위에 서기 위해 운동을 한 건 아니지만, 계급의식을 빼놓고 얘기할 순 없다.

사실 내가 즐겨 듣는 음악은 힙합이다. 부르디외가 책에 썼던 음악이 가진 정신의 깊이는 잘 모르겠고, 힙합은 지식 없이도 그냥 들으면 흥겨워진다. 일종의 길티플레져처럼 어디에 말하지 않고 혼자 즐기는 취미다. 내가 힙합을 즐기는 데 미세한 가책을 느끼는 이유는 전적으로 가사 때문이다. 힙합 가사는 직설적이고 때론 폭력적이다. 욕설이 잦은 데다가 여성 비하적인 혐의를 지울 수 없는 가사도 흔히 볼 수 있다. 드러내 놓고 얘기하기엔 부담스럽다. 내가 힙합 팬을 자처하면서 힙합을 향한 편견을 조장하는 것 같아서 조심스럽지만, 힙합은 에어팟으로 들을 때가 가장 속 편하다. 《나쁜 페미니스트》를 쓴 록산 게이도 여성 비하 가사가

가득한 힙합 음악을 즐긴다고 고백하지 않았나. 그 중독성
이 거의 마라탕급이다. 요즘처럼 정치적 올바름과 혐오 감
수성을 중시하는 시대에는 행동 하나하나가 조심스러워서
음악을 들을 때도 주위 시선을 살피게 마련이다. 쇼팽과 베
토벤을 멜론 플레이리스트에 올린다고 그 밑에 달린 래퍼
언에듀케이티드 키드의 곡이 사라지진 않는다.

운동할 때는 힙합 가사를 자양분 삼아 고중량 쇳덩이를
든다. 내가 최고고, 너는 나보다 한 수 아래일 뿐이라는 힙
합의 정서가 기분을 한껏 고양시킨다. 그만큼 힙합은 헬스
가 가지고 있는 호방한 정서와 일맥상통한다. 에두를 거 없
는 직선주로의 쾌감이 내 몸을 움직이게 한다.

어둡고 키치한 문화에 끌리는 욕구는 어디 가서도 풀기
어렵다. 불투명한 용기에라도 담고 싶은데 그럴 때 힙합이
내 숨통을 틔운다. 늘 삼가야 하는 것투성이인 직장생활을
하면서 힙합을 찾게 되는 이유다. 특히 점심 식후에 의자를
뒤로 젖히고 힙합을 들으며 심호흡을 한다. 김 부장의 잔소
리에 시달리다가 퇴근하면 쇳덩이와 씨름하면서 랩을 읊

는다. 뭣 같은 걸 뭣 같다고 말할 수 있는 세계에서 난 한껏 자유롭다. 래퍼들은 말한다. 가지런한 세상은 재미없다고. 난장을 피우면서 꽥꽥 소리를 지르자고. 고요한 사무실을 다 뒤집어 놓으라고. 네가 제일 잘났으니 다른 소리는 집어치우라고. 아이들에게 아무리 얌전히 있으라고 말해봤자 입만 아픈 것처럼, 세상 모든 재미는 사실 뒤엎고 까불대는 카오스의 세계에 있다. 사사건건 바름을 강요하는 세상에서 대놓고 삐뚤어지고 싶은 반항심을 가까스로 참고 사는 내게 힙합은 배경음악이 아니라 이마에서 쩌렁쩌렁 울리는 계엄령에 가깝다. 나는 대체로 균형과 질서를 추구하지만, 일이 고되고 힘들 때는 괴성을 지르다가 종국에는 널브러지고 싶은 마음이 굴뚝같다. 비트 안에서만큼은 좀 더 상스럽고 못돼먹고 건들거려도 괜찮으리라.

헬스장에서는 혼잣말로 욕설을 많이 한다. 세트 수를 채우고 근육에 힘이 모두 빠졌을 때, 숨 가쁨과 통증이 찾아오면서 자연스럽게 욕을 뱉게 된다. 평소에는 감히 입에 담지 못할 가사도 흥얼거리며 변태처럼 히죽거린다. 욕설과

운동의 참맛

운동은 깊은 관련이 있다. 욕을 하면 뇌에서 인지하는 신체 고통이 경감되는 효과가 있다고 한다. 김연경 선수나 조재진 선수가 시합 중에 욕설을 한 영상도 유명하지 않나.

힙합이 없었다면 나는 꽤 섭섭했을 것이다. 여태껏 힙합에 관해 단 한 번도 글을 쓰지 않았다는 게 신기할 정도다. 내 뇌를 차지하는 지분을 가지고 주주총회를 열었다면 힙합은 세 번째 상석에 앉아서 거만한 표정으로 날 노려보고 있을 것 같다. 불량해 보이는 그 친구에게 여태 감사의 말을 전하지 못했다. "힙합, 그대가 없었다면 나는 내 깜냥에 맞지 않는 흉측한 옷을 입고 살았을지 모릅니다. 그대가 없었다면 점잖은 일만 골라 하는 샌님 신세를 면치 못했을 거예요." 힙합이 없었다면 난 오래전부터 관능적인 관계는 포기하고, 교양 있고 명예로운 사람의 뒤꽁무니나 쫓으며 얼마 남지 않은 젊음을 탕진했을지도 모른다. 어쩌면 딱딱한 잔소리나 해대는 지루한 어른이 되었을지도. 나는 힙합 덕분에 도덕적 감화를 물리치는 대신에 온갖 애정 행각을 위해 뼈를 깎는 변신을 기꺼이 감수했던 제우스의 심정을 이해할 수 있었다.

힙합은 내가 쇳덩이를 들어 올릴 수 있게 옆에서 비트를 넣어주었고, 한강 고수부지에서 커플들 사이를 달릴 때 외로움에 나가떨어지지 않도록 "Say ho"를 외쳐주었다. 래퍼들은 나에게 천편일률적인 삶의 틈바구니에서 엉뚱한 짓을 일삼고도 꽤 멋지게 살 수 있다는 걸 알려줬다. 내 인생의 폭을 잔뜩 넓혀놓고 가당찮은 불안일랑 들어오지 못하게 으름장을 놨다. 알게 모르게 권위적으로 구는 치들 앞에서 고개를 치켜들기 위해서라도 앞으로도 쭉 내 인생엔 힙합이 있어야 할 것 같다.

운동의 참맛

함께 운동한 사이

며칠 전 세미나 참석차 서울 외곽에 있는 호텔에 갔다가 전 직장 동료와 우연히 마주쳤다. 근데… 이름이 뭐더라? 아주 반갑게 손을 붙잡고 인사했는데 낯은 익어도 이름이 떠오르지 않았다. 분명히 친밀했는데 도저히 이름이 생각나지 않아 당황스러웠다. 기억이 가물가물해서 되도록 밝은 표정으로 손을 흔들면서 안부를 주고받았다. 그러니까 이 사람이 어느 부서에서 일하던 누구였지, 도통 감이 잡히질 않았다. "아, 예. 이제 행사가 시작하나 봐요. 이따 다시 얘기하시죠. 참, 여기 점심 맛있대요!" 눈을 찡긋하고 회의장으로 들어가는 그의 얼굴을 유심히 보니 코 주변에 뾰족하게 부어오른 작은 부스럼이 보였다. 아무래도 전날 술을 잔뜩 마신 모양이었다. 그래, 저 붉은 얼굴. 운동을 그렇게 열심히 하면서도 밤만 되면 술을 마시러 간다고 했었지. 자기는 술 마시려고 운동한다고. 음주가 삶의 유일한 낙이라는 듯이 과장하며 말했던 사람. 그래, 넉살 좋고 목소리가 걸걸했던 저 양반의 이름이 뭐였더라?

세미나에는 꾸벅꾸벅 조는 사람이 많았다. 전날 도착해서 숙소에서 술을 진탕 마시고 온 사람도 여럿 보였다. 이른 새벽부터 열차를 탄 나도 몸 상태가 좋지 않아서 회의장을 살짝 빠져나와 호텔 로비에 있는 커피머신 앞에 섰다. 그때 아까 인사를 나눈 전 직장 동료와 마주쳤다. 그는 뾰루지를 열심히 긁다가 나와 눈이 마주치니 손을 흔들었다. 술을 좋아하는 사람은 얼굴에 다 티가 난다. 얼굴이 퉁퉁 부어 있었다. 칙칙하고 부스스한 머리도 한몫 거들었다. 입고 온 양복도 멀끔하고 몸매도 날렵해 보였는데, 그 붓기 때문에 사람이 속돼 보였다.

그는 살짝 웃으며 다가왔다. "요즘도 운동 열심히 하나 봐. 팔뚝이 장난 아닌데. 난 일이 바빠서 몸이 다 망가졌어. 너랑 운동할 때가 좋았는데 말이야." 나는 긴가민가함을 떨치지 못하고 그를 대했다. 누군지 정확히 생각나지 않지만 그래도 같이 운동한 사이였던 모양이다. 흠, 그래. 같이 체육관을 다녔단 말이지. "저도 바빠서 하는 둥 마는 둥 해요. 딱 봐도 운동 계속하신 모양인데요? 어깨 프레임 넓어진 거 봐." 난 헬스인이 흔히 주고받는 안부 인사를 하며 교묘하게 호칭을 생략했다. 대화하다 보면 우리 관계가 좀 더 명확히 드러날 것으로 생각하며 그의 얼굴을 유심히 살폈다. "난 요새도 애들이랑 열심히 먹고 마시려고 러닝머신 주변만 기웃거려." 그 닭살이 돋는 너스레를 지켜보고 있으니, 뇌에도 닭살이 돋듯 그의 이름이 떠올랐다. 태주 형. 그래, 태주 형이다.

헬스를 오래 하다 보니 같이 운동 합을 맞춘 사람들이

여럿 생겼다. 친구라고 하기에는 멀고, 그냥 아는 사람이라고 하기에는 가까운 사이다. 호흡을 맞춘다는 건 생각보다 내밀한 일이다. 함께 땀을 흘리고 물을 나눠마시며 숨을 몰아쉬다 보면 어떤 끈끈한 애정 같은 게 생긴다. 이상한 건 그 애정이 헬스장을 나서면 스르륵 자취를 감춘다는 점이다. 회사 복도에서 우연히 마주치면 그냥 아무 사이도 아닌 것처럼 스쳐 지나가는 식이다. 헬스장이 무슨 국정원도 아닌데 신분을 감춘 요원처럼 눈짓으로만 인사한다.

태주 형과 난 사내 헬스장에서 만난 사이다. 나는 늘 혼자 운동했는데 성격 좋은 태주 형이 느닷없이 나를 보조해 주면서 친해졌다. 우리는 체격은 물론이고 운동 강도나 헬스장 가는 시간까지 엇비슷해 자연스럽게 운동 짝꿍이 됐다. 서로 잡아주고 끌어주고 격려도 하며 내밀하게 지냈지만, 운동 빼고는 딱히 서로에 관해 아는 바 없이 지냈다. 근육의 자극 지점을 찾아주고 힘을 북돋아 주는 것만으로도 매우 바빴다. 우린 그저 열심히 쇳덩이를 주고받다가 헤어지면 그만인 환상의 복식조였다. 그렇게 태주 형과 나는 거의 1년 가까이 함께 운동했다. 그 흔한 식사나 커피 한 잔도 하지 않고 오직 운동만 하면서 보낸 시간이었다.

헬스를 할 때 짝이 있으면 수행 능력이 올라간다. 자기와의 싸움은 이세돌 9단 몫이지, 알파고가 아니고서는 혼자서 운동하면 의욕이 떨어질 수밖에 없다. 가장 이상적인 운동법은 내가 좀 더 배울 수 있는 상대와 짝을 맺고 하는 것이다. 내 운동 메이트가 나보다 상급자라면, 조금이라도 피해를 주지 않기 위해서 평소보다 더 열심히 할 수밖에 없다. 그리고 벌어진 격차를 좁히기 위해 능력 이상의 힘을 발휘하게 된다.

운동법을 개선할 수 있는 조언도 주고받을 수 있다. 그렇지만 무턱대고 모르는 사람에게 같이 운동하자고 말을 거는 건 곤란하다. 아무리 좋은 의도라고 해도 생판 모르는 사람에게 운동을 같이하자고 권하거나 조언하려 들면 예의에 어긋난다. 내가 다니는 헬스장에는 고대 로마의 철학자 세네카의 잠언이 큼지막하게 적혀 있다. "알고 있는 자에게 하는 충고는 낭비요, 알지 못하는 자에게 하는 충고는 부적절하다." 헬스장에서 오지랖은 금물이다. 그런 의미에서 태주 형은 늘 싹싹하고 밝은 사람이라서 누구와도 잘 어울려서 운동했던 기억이 났다. 같은 말을 해도 전혀 기분이 나쁘지 않고 도리어 호감을 사는 사람이었다.

직장생활을 하며 맺는 인간관계라는 건 뻔하다. 일과 관련된 이해관계를 떠나면 친밀해지기가 쉽지 않다. 태주 형과 나는 오직 함께 운동한다는 유대감으로 맺어져 오래갈 수 있었다. 싹싹하고 활기차며 의욕이 넘치던 태주 형 덕에 내 몸은 나날이 발전했다. 내가 이직하면서 형과 멀어진 후에 슬럼프가 온 건 우연이 아니었다. 더는 나와 딱 맞는 운동 메이트를 찾을 수 없을 줄 알았다. 하지만 헬스장에 가면 어김없이 나와 꼭 맞는 짝이 있었다. 서로에게 선한 영향을 주는 헬스장 친구들이다.

그렇지만 앞으로는 헬스장에서 새로운 짝을 찾기란 어려울 것 같다. 헬스장마다 "회원 간 티칭 금지"라는 경고문이 떡하니 붙어 있기 때문이다. 게다가 내가 나이를 먹어가면서 운동을 할 때 따지는 게 많아졌다. 전에는 짝을 구하려고 내가 상대에게 맞췄지만, 이젠 나만의 운동 방식이 확고해져서 누군가와 운동을 함께하는 게 부담스러워졌다. 운동할 때마저 이런저런 고려할 게 생기니 내 나이를 떠올리지 않을 수 없다.

오전 세미나는 곧 마무리될 참이었다. 난 점심시간이 되기 전에 빠져나와 어디 카페라도 갈 생각이었다. 안부를 주고받던 태주 형은 줄이 길어지기 전에 뷔페에 먼저 가 있겠다며 자리를 떴다. 우린 마치 내일에도 볼 수 있는 것처럼 인사를 주고받았다. 난 어색하게 손을 흔들다가 건물 밖으로 나왔다. 호텔 앞 건널목에 서서 도시의 소음에 젖어 들었다. 이어폰을 끼고 오래된 음악을 틀었다. 살짝 뒤를 돌아보니 호텔 입구에서 태주 형이 어디론가 전화를 거는 모습이 보였다. 오랜만에 만난 태주 형은 내가 기억하는 모습처럼 밝고 따뜻했다. 매일 헬스장에서 만나 서로 응원하고 격려하며 땀을 흘리던 시간이 어렴풋하게나마 떠올랐다.

K-아저씨 포비아

나는 아저씨가 아니다. 식당에서 사장님이 날 아저씨라 불러도 대꾸하지 않는다. 흥분하면 인정하는 꼴이니 어리둥절한 표정을 지으며 말한다. "저, 저요?" 세상이 날 아저씨로 규정해도 무시하면 그만이다. 이 도시에서 소년으로 살아가려면 단호한 결의가 필요하다. 안 들리는 척하는 신공 정도? 그래도 또래에 비해선 젊게 살려고 노력해 왔다. 아직 내 안에 수줍은 소년이 잔뜩 몸을 웅크리고 있다고 믿는다. 좀 억지스럽지만 피터팬 증후군을 자처하면 굳이 짊어질 필요 없이 짐을 내려놓을 수 있다. 나잇값에 줄줄이 딸려오는 명세서를 쭉쭉 찢고 내 식대로 휙휙 다시 쓰는 중이다. 이른바 쓸데없으며 어수선한 것의 총합이다. 이 도시에서 키덜트가 살 수 있는 곳은 서울랜드도 에버랜드도 아닌 네버랜드뿐이니까.

난 아저씨라는 범주에 묶이는 걸 겁낸다. 이른바 아저씨 포비아에 걸려 있다. 어디 가서 아저씨 소리를 들으면 너그러운 표정으로 웃고 있어도 속으로는 가만두지 않겠다는 분노가 치민다. 그래도 아직 아저씨라고 불린 경험이 많지 않아서 굳은살이 박이진 않은 모양이다. 그렇다면 나는 왜 아저씨라는 호칭이 싫을까? 그 범주에 들어가는 순간 해내야 하는 의무가 생기기 때문이다. 아저씨라면 사회에서 의례 이 정도는 갖추고 있어야 한다는 사회 통념이 두렵다. 그걸 해내지 못하면 질문 세례를 감수해야 한다. 가령, 집은 있는가? 결혼은 했는가? 자녀는? 차와 연봉은 또 어떻고. 오직 직업과 같은 사회 배경이 아저씨를 명명한다. 어디 가서

책 읽기나 글쓰기를 좋아한다고 하면, 일해서 돈 벌 생각은 안 하고 뭐 하냐는 핀잔을 들어야 한다. 그게 내가 가진 아저씨의 직무다.

아저씨가 되는 순간부터 ○○회사 박 아무개로 살아야만 한다. 직급을 다는 순간 이름 대신 직책으로 불린다. 그래서 승진에 열을 올리고, 낙마하면 인생이 끝난 것처럼 군다. 난 그래도 자식이 없어서 누구 아버지로는 불리지 않으니 다행이다. 어쩌면 내가 동안에 그토록 집착하는 건 아저씨로 여겨졌을 때 초라해지는 내 스펙 때문은 아닌가 하는 생각도 든다.

청년이란 레떼르가 떨어지고 오직 사회적인 위치로 내가 보여질 때, 초라한 내 모습을 견디기 어려울 것이다. 그래서 내게 운동은 무척 중요하다. 운동은 청년 막바지에 이른 내가 노화를 지연시키는 가장 효과적인 방법이다. 꾸준한 운동은 보기 좋고 탄력적인 몸매를 만들어 줄 뿐 아니라 일상 전반에 활력을 불어넣는다. 주름을 개선하는 시술을 하고 아무리 좋은 화장품을 발라도 운동만큼의 효과를 낼

운동의 참맛

순 없다. 주변에 운동을 꾸준히 하는 사람을 보면 깨닫게 된다. 그들 대부분 동안이고 활력 있는 삶을 영위하고 있다. 운동은 정신적으로도 육체적으로도 사람을 늙지 않게 한다.

노화 방지 효과는 영양크림에만 있는 게 아니다. 헬스로 신체의 회복 탄력성을 유지하는 건 아직 늦지 않았다고 항변할 수 있는 주요 근거가 된다. 가까스로 동안이라는 주변의 칭찬에 민망하지 않을 수 있는 막차 티켓이다. 내가 아저씨로 가득 찬 술집 안에서도 고개를 쳐들고 아직 난 너희와 다르다고 선을 그을 수 있는 마지막 보루다. 어쩌면 헬스장에서 그토록 수많은 아저씨가 피로를 무릅쓰고 쇳덩이의 하중을 견디는 건 아직 아저씨가 될 준비를 하지 못했다는 항의의 표시일지도 모른다. 늙수그레한 청년은 튀어나온 아랫배를 어떻게든 제거하기 위해 몸을 바들바들 떨면서 바벨을 들어 올린다. 'K-아재' 태그를 달고 도매금으로 묶이기에는 여전히 누군가의 말간 시선을 갈구하는 자의 설움이다.

요즘 내 친구들은 모두 배 나온 아저씨가 됐다. 연초에 막걸릿집에서 모임을 했는데 이젠 같이 못 놀겠다 싶은 정도였다. 길에서 마주치면 피하고 싶게 생긴 놈들끼리 테이블 가득 앉아서 열심히 고기와 술을 먹었다. 머리는 까지기 시작했고, 몸은 점점 불어나고 있었다. 유들거리는 얼굴로 처음부터 끝까지 속된 얘기만 늘어놨다. 다들 어찌나 목에 힘이 들어갔는지 이젠 낯설 정도였다. 나만 혼자 네버랜드에 세를 내고 살지, 녀석들은 세속 도시에서 벼슬 한자리씩 차지하고선 떵떵거렸다. 소득과 지출이 명확한 녀석들의 셈법은 자꾸만 날 소외시켰다. 친구들은 주저 없이 시대가 요구하는 아저씨가 되어가는데, 나만 절대 그럴 수 없다고 발버둥 치는 꼴이었다. 고작 몇 년 전까지만 해도 다들 사회에서 살아남으려고 버둥거리던 하룻강아지에 불과했는데, 이젠 집도 사고 차도 산 볼이 늘어진 불도그처럼 보였다. 난 등을 살짝 뒤로 빼고 친구들을 쭉 둘러봤다. 난 너희와 달라. 난 아저씨가 아니야.

아저씨라는 탈을 쓰면 편한 점도 있다. 아재라고 인정하

운동의 참맛

고 나면 시답지 않은 내 아재 개그에 대한 죄책감도 사라진다. 아재 친구들은 킬킬 웃으면서 내 개그에 노골적인 비난을 퍼부었지만 싫지 않은 눈치였다. 말장난으로 시작해서 야한 얘기로 흘러가는 익숙한 흐름에 나도 허리띠를 풀고 웃어 젖혔다. 이 저속한 소리를 즐기는 내가 싫었지만 역시 음담패설이 제일 재밌긴 했다. 영원한 소년으로 남아야 하는데 저질 농담에 넘어가다니.

막차 시간을 살피며 그래도 놈들보단 내가 훨씬 동안이라고 자위했다. 이게 어떻게 만든 몸인데, 내가 순순히 너희와 같은 범주에 들어갈 것 같냐. 난 이제 네버랜드로 돌아갈 시간이야. 자주 연락하자는 뻔한 말을 끝으로 헤어졌다. 밤이라도 새우며 놀 것처럼 요란을 떨더니 결국 막차 끊기기 전에 귀신같이 일어나는 겁쟁이들. 사실 난 계속 놀 생각이었는데 전화 한 통에 이렇게 흩어져 버리다니. 난 개찰구로 들어가며 다시 네버랜드로 돌아갈 마음의 채비를 했다. 우선 아재 개그부터 줄여야지.

잠들기 전에 기이하게 한 가지 추억이 떠올랐다. 20대

초반 넉 달간 군에서 훈련받을 때였다. 생애 처음 합숙이라는 걸 해봤다. 같이 방을 쓰던 동기는 말수가 적고 재미는 없었지만 상냥하고 단정한 친구였다. 우리는 낮에는 훈련하느라 거의 대화를 하지 않았지만, 밤에는 그 컴컴한 침대에서 농밀한 대화를 나눴다. 당시 동기는 여자친구가 자기를 떠날지 몰라 심각하게 불안해했다. 훈련이 한창인 늦겨울 새벽은 몸을 조금만 움직여도 얼어버릴 듯 추웠다. 친구는 보급품으로 나눠준 생강차를 마시면서 손을 달달 떨면서 얘기했다. 아침부터 늦은 오후까지는 훈련을 받느라고 딴생각을 할 수 없었지만, 소등하고 진짜 밤이 찾아오면 불길한 예감에 젖어 친구는 뜬눈으로 밤을 지새우곤 했다. 사실 나도 다를 게 없었다. 내 불안은 미래였다. 대체 뭘 하고 살아갈 것인가? 스무 살이 넘었는데 하고 싶은 것과 할 수 있는 것을 분간하지 못했다.

우린 그렇게 평소 친구나 애인과도 나누지 못했던 고민과 생각을 봇물 터진 듯 쏟아냈다. 사위가 고요한 가운데 수많은 얘기가 오갔다. 물론 낮에 훈련받을 때도 중간중간

운동의 참맛

다른 동기와 섞여서 농담을 따먹었지만, 그땐 일상적인 얘기뿐이었다. 대체로 "이런 제기랄" 하는 불평으로 시작해서 오늘 언제 끝나는지, 점심과 저녁 메뉴가 뭐인지 정도였다. 우린 다른 동기와 섞여 있을 땐 그냥 그 나이 때의 허세 넘치는 애송이에 불과했다. 땀띠 나는 수컷 세계에서 우리 자신도 인정할 수 없는 은밀한 감정을 숨기며 지냈다. 남자끼리 밤마다 부끄러운 얘기를 한다고 여겼던 것 같다. 우리 세계가 공유하는 남자다움과는 거리가 먼 짓이었으니까. 하지만 밤에 불이 꺼지고 사위가 캄캄해지면 우린 침대 위에서 팔을 괸 채 오가는 생각과 의견에 심취했다. 그러고 다음 날 아침이 되면 어김없이 서로를 어색해하며 딴청을 피웠다.

남성성으로 질식할 것 같은 공간에서 다 큰 남자 둘이 속닥거리는 건 남자들의 세계에서는 민망하고 부끄러운 짓이다. 저들이 정한 정상성에서 벗어난 짓을 하면 저들은 더 악독하게 돌변한다. 우린 그것을 본능적으로 알았고, 당시 유일하게 숨통을 틔울 수 있는 시간인 새벽의 대화를 유지하기 위해 철저히 우리 관계를 숨겼다. 우리 사이를 지켜야 한다는 무언의 압박감에 남들 앞에서는 더 무심하게 굴었다.

그렇게 넉 달간 우린 어둠 속에서만 친구였다. 우린 누구도 돌봐주지 않았던 서로의 소년성少年性을 지켜줬다. 거기엔 어떤 호응도 위로도 필요 없었다. 그저 규칙적인 호흡이 가져오는 팽팽한 긴장만이 우리를 지탱했다. 그건 내가 어른이 되기 전에 마지막으로 느껴본 소년성이었다. 이후론 그 어디서도 그런 대화를 나눠본 바 없다. 어디서나 꽤 믿음직한 어른으로 기능하느라 솔직하지 못했다.

간혹 술자리에서 비슷한 순간이 있었다. 맥주나 소주 따위를 조금씩 홀짝대며 취한 척 속 얘기를 꺼냈다. 내가 평소에 느낀 경악, 두려움, 혼란의 감정을 조심스럽게 털어놨다. 쟤를 언제 봤다고 이런 얘기까지 하나 싶기도 했다. 하지만 근본 없는 관계가 주는 속 편한 감정도 있다. 고백한다는 행위 자체가 가지는 은밀한 즐거움이 통용되는 가벼운 사이였다. 흐리멍덩한 눈과 무표정한 말투로 술집의 나

운동의 참맛

지막한 조명에 몸을 숨기고 술술 털어놨다. 어쩌면 술집에는 그 부연 조명에 마음을 쬐러 가는 걸지도 모르겠다. 그래서 요즘 내게 소년성이란 호프집 통닭 앞에서나 유효한 단어다.

오늘도 기필코 운동하러 가야지

　SNS 검색창에 '미라클모닝'이나 '리추얼'을 적고 검색하면, 무수한 아침형 인간들이 일찍 일어난 새를 자처한다. 미라클모닝이나 리추얼은 성스러운 관습, 종교의식과 같은 어원을 지니고 있지만, 단순하게 말하면 일상에 활력을 주는 생활 습관을 만들자는 취지에서 생긴 단어다. 그래서 관련 게시물을 보면 러닝, 헬스, 식단 등 건강한 몸을 가꾸기 위한 습관형 피드가 즐비하다. 일찍 일어난 새들은 자신

운동의 참맛

이 누리는 취향을 온라인을 통해 인증하면서 남과 다른 자신을 시위한다. 엇비슷한 사람이 모여 사는 대도시에서 고유한 이야기를 만든다는 기쁨이 그들의 아침잠을 쫓는 것일지도 모른다. 나 역시 잘 만든 리추얼을 글로 적으면서 남다른 기분을 느끼기도 하니까. 리추얼은 사소한 습관의 개선에 불과하지만, 그런 작은 성공담이 모여서 결국 삶을 주도하는 기분을 안겨준다.

나도 한창 유행했던 리추얼 챌린지 미라클모닝을 시도해 본 적이 있다. 모두가 잠든 이른 새벽 헬스장에서 머릿속을 지배하는 잡념을 풀어내며 공복의 러닝머신을 타는 내 모습을 기대했다. 그렇게 부푼 기대를 안고 기적의 첫날이 왔다. 난 졸린 눈을 비비고 죽상을 한 채 일어나서 새벽 6시에 헬스장에 도착했다. 무슨 미라클이 그렇게 피곤한지 그날 하루를 온전히 망쳤다. 분명히 전날 일찍 잠자리에 들었는데도 종일 너무 피곤해서 일이 손에 잡히질 않았다. 퇴근하고도 뭘 더 하지 못하고 바로 집으로 가 몸져누웠다. 며칠을 더 시도해 봤지만, 도무지 시차 적응이 되질 않았다. 리추얼이고 뭐고 출근길 버스에서 내릴 때 현기증이 나서 혼났다. 잠이 부족하니 헬스장에서도 내 근육은 시무룩했다. 엿새도 지나기 전에 기적은 일어나지 않는다는 걸 깨닫고 다시 원래 기상 시간으로 되돌아왔다. 일찍 일어난 새가 벌레를 잡을지는 모르겠지만, 벌레 입장이라면 일찍 일어났다가 피 보기 십상이다.

이동진 작가는 《닥치는 대로 끌리는 대로 오직 재미있게 이동진 독서법》에서 삶을 이루는 것 중 상당수는 사실 습관이여서 습관이 행복한 사람이 행복한 것이라고 말했다. 이처럼 리추얼은 "습관이 곧 자기 자신"이라는 아리스토텔레스의 격언까지 소환한다(이동진 작가는 유별난 다독가로 욕조에서 책을 일곱 시간 넘게 읽기도 했다고 한다).

나 역시 이동진 작가까지는 아니어도 오래된 리추얼을 몇 개 가지고 있다. 운동, 독서, 산책, 극장 나들이가 그렇다. 삶이 내가 만든 습관으로 가득 채워지기를 바라는 마음으로 나는 달력에 주기적으로 취미생활 일정을 배치한다. 그중에서도 매일 운동하는 것을 그 어떤 리추얼보다 중시

한다. 이동진 작가는 책을 고르고 책을 사러 가고 읽고 나서 독후감을 쓰고 책에 관한 대화를 나누며 끝내 책장에 그 책을 꽂아두는 것까지를 독서라고 했는데, 나 역시 운동을 크게 정의 내린다. 헬스 관련 영상을 보고, 운동할 때 입을 옷과 장비, 영양제를 구비하고, 헬스에 관한 메모와 글을 쓰며 마침내 헬스로 만든 근육을 일과 여가에 쓰는 행위까지 해야 그것이 내게 운동이다. 근육으로 다진 몸이 주는 기쁨은 찰나이지만, 운동으로 이뤄진 내 삶이 단단해지는 광경은 여운이 오래가는 기쁨이다.

내가 리추얼을 잘 지키는 비결은 섣부른 호언장담이다. 여자친구나 가족들에게 리추얼에 관해 장광설을 늘어놓는다. 회사에서도 '마틴 루터 킹 주니어'처럼 내 꿈은 다이어트라고 외치며 군것질을 멀리한다. 매일 보는 경비아저씨에게도 이제부터는 엘리베이터 대신 계단만 이용할 거니 승강기 이용료는 관리비에서 빼달라고 요청했다. 난 어려서부터 조선의 사람들이 그토록 따랐던 신독愼獨이라는 말을 참 좋아했다. 남에게 드러내 보이기 위해서 행동하는 것보다 남이 보든 말든 항상 나 자신을 다스리는 자세가 리추얼의 핵심이라고 보았기 때문이다. 근데 습관을 만든다는 것은 절대 혼자 할 수 있는 일이 아니었다. 나처럼 의지가 약한 사람에게 혼자라는 건 유혹의 소나타에 맞춰 춤을 추는 일에 불과하다. 그럴 땐 기꺼이 지인의 간섭을 받아들여야 한다.

요즘 내가 믿는 이론은 뉴턴의 관성의 법칙이다. 제1 다이어트 법칙에 따르면 타인의 시선이 작용하지 않는 한, 사람은 계속 그 상태로 지낼 뿐이다. 사람은 쉽게 바뀌지 않는다. 그럴 땐 여자친구의 힘을 빌려서라도 행동을 바꿔내지 않으면 살던 대로 살기 십상이다. 오랜 세월 쌓아온 습관은 힘이 세기 때문이다. 이제 다시는 라면을 먹지 말아야지 수백 번 다짐해도 마트에 가면 "다이어트 식품이네!"하면서 신라면 건면 한 세트를 자연스럽게 집어 드는 게 나다.

내 주위에는 의도치 않은 리추얼로 인생을 망친 사람이 있다. 내 작은삼촌은 명절 때 고스톱을 좀 치다가 기원을 드나들기 시작하면서 바둑에 미쳐버렸다. 바둑은 그 중독성에 비해 왠지 이미지가 신선처럼 고고해 보여서 사람들이 경각심을 잘 갖진 않지만, 중독성이 대단한 스포츠다. 작은삼촌은 심심할 때마다 기원에 가서 바둑 기보를 공부하고, 복덕방 김 영감에게 훈수를 받으면서 제 삶을 놓아버렸다. 내기 바둑을 두다가 바둑판에 인생을 내던진 꼴이었다. 우리 삼촌은 바둑에 인생을 걸고 끝내 기운을 회복하지 못했다. 백화점처럼 창문 하나 없는 기원에는 삼촌처럼 바둑과 동고동락하는 이들만 가득했고, 삼촌은 이창호 9단의 바둑 기보를 복기하며 그 몇 평 되지도 않는 공간으로 자신의 인생을 축소했다. 난 요즘도 간혹 삼촌을 만날 때마다 인생이 어떻게 그렇게 되어버렸는지 어리둥절한 느낌을 받는다. "삼촌, 얼굴이 안 좋은데 지금이라도 헬스장에 다녀보는 게 어때?"

이처럼 좋든 나쁘든 습관이 그 사람을 규정한다. 난 누군가의 하루를 보면 그의 삶 전체를 알 수 있다고 생각한다. 마치 프랙탈fractal처럼 하루가 모여 인생 전반을 형성한다고 믿고 산다. 내겐 습관이 아버지고, 신이고, 하나님이다. 내가 기필코 매일 운동하러 가는 이유다. 오늘 하체 운동을 빼먹으면 내일 등 운동을 제대로 할 수 없다. 진도가 밀리면 초조해지고, 그렇다고 무리하면 다치기 쉽다. 이렇다 보니 리추얼이 깨지면 하루의 실패로 끝나지 않는다. 이런 말도 있지 않나. "하루를 대하는 당신의 태도는 인생 전체를 대하는 태도와 같다." 그래서 요즘에는 의지력을 구매하는 서비스에 구미가 당긴다. 소정의 금액을 지불하고 다수의 멤버가 참여하는 온라인 인증 서비스가 인기다. 의지력은 현찰로 따지면 꽤 비싸지만, 우리에게는 신용과 할부가 있지 않은가. 돈 벌어서 뭐 하겠나, 나한테 투자해야지. 러닝 크루도 의지력을 공유하는 모임의 일종이다. 서로 격려하면서 좋은 습관을 만들고자 구호를 크게 외치며 동네 공원을 뛴다.

금연 캠페인을 펼치는 공익 광고가 보여주듯 뭘 하든 함께하는 것만큼 든든한 버팀목도 없다. 우리 시대에는 유행처럼 생겼다가 사라지는 트렌드가 즐비하지만, 내 생각에 지속 가능성에 관해 끝없이 묻고 답하는 리추얼만큼은 한

철 반짝하고 사라질 것 같진 않다. 삶은 생각보다 길고 반복은 숙명과 같으니까. 별수 없이 나도 내일 아침부터는 억지로라도 미지근한 물 한 잔을 들이켜고, 엘리베이터 대신 계단으로 사무실에 오르는 리추얼을 시작해야 할 것 같다.

하루키, 꾸준함이라는 자산

한창때 쓰던 일기를 더는 쓰지 않는다. 정말 열심히 쓰던 시기도 있었지만, 어이없게 끝이 났다. 몇 해 전에 10년 넘게 쓰던 일기장을 지하철 짐칸에 두고 내렸는데, 그 후로 영영 찾을 수 없었다. 역무원에게 간청했지만 일기장의 행방은 오리무중이었다. 그걸 누가 가져간단 말인가! 내게는 특별한 기록이지만, 남에게는 그저 신변잡기로 가득한 낱말의 나열일 뿐인데. 난 거의 난동에 가깝게 지하철 직원들

운동의 참맛

에게 따져 물었다. 그게 얼마나 중요한 건지 아냐고. 울먹이면서 억지도 부려봤다. 곁을 떠나보내는 푸닥거리였다. 처음에는 일기장을 잃어버린 게 팔 하나가 부러진 통증과 같았다. 걸을 때마다 덜컹거렸다. 불쾌하고 초조했다. 하루에도 몇 번씩 나도 모르게 욕지기를 뱉었다. '젠장! 제기랄! 염병!' 뭐가 그렇게 슬프고 억울했는지 잘 모르겠다. 내가 매일 공들여서 하던 게 사라지니 나의 지난 추억이 깡그리 사라져 버린 느낌이었다. 나의 온갖 감정이 담긴 증거물이 사라지니, 내 인생이 영영 미궁에 빠진 사건처럼 미제사건으로 남겨질 것 같은 불안감에 휩싸였다.

난 어려서부터 꾸준함에 매료됐다. 꾸준할 때 얻어지는 성취, 적금처럼 차근차근 모아서 이뤄내는 만기의 기쁨을 좋아했다. 다른 재능이 없으니, 인내심으로 승부를 봐야 한다는 노림수도 있었다. 그런 의미에서 무라카미 하루키는 평생 날 사로잡은 사람이다. 한때 그의 수필과 소설이 자아낸 장력 안에 기거했다. 누군가가 한 작가의 작품을 모조리 읽어내는 전작주의全作主義에 관해 물었을 때, 나는 하루키

작품을 끼고 살았던 스무 살 무렵을 떠올렸다. 처음 소설에 재미를 붙일 무렵엔 서늘한 도서관 귀퉁이에서 하루키 소설을 읽었다. 《상실의 시대》, 《해변의 카프카》로 처음 두꺼운 책을 떼는 맛을 알았다.

소설을 읽을 만큼 읽자, 마약 같은 수필이 눈에 들어왔다. 작가라는 직업을 위해 하루키가 취한 삶에 관심을 기울이기 시작한 것이다. 그중 가장 눈에 띄었던 건 하루키가 가진 달리기에 대한 애착이다. 그에게는 군살 없는 몸매에 대한 환상이 있다. 성적 취향은 다분히 유아적이라 프로이트와 칼 융을 들먹여야 할 정도로 원초적이었지만, 달리기를 향한 태도는 다분히 청교도적인 구석이 있었다. 그는 매일 똑같은 패턴에서 권태롭기보단 오히려 사사로운 일에 끝없이 의미를 부여하며 수양하는 독실한 신앙인으로 보였다. 그에게 하나뿐인 유일신은 꾸준함이었고, 그의 문학은 성서와 같았다. 그의 소설은 제각기 다른 이야기를 담고 있지만, 따지고 들어가 보면 꾸준함에 경도된 자의 자기 고백이다.

운동의 참맛

하루키는 산문 《달리기를 말할 때 하고 싶은 이야기》에서 달리기가 가진 매력을 책 한 권에 포개 넣었다. 그의 다른 책도 마찬가지로 꾸준한 운동에 관한 내용이다. 하루키는 자신의 취향을 꾸준하게 갈고닦음으로써 많은 열성 팬을 거느린 세계적인 거장이 되었다. 아마도 그의 수필이 소설만큼 인기가 많은 이유도 쾌락과 환락에 찌든 도시인이 그의 수필을 읽으며 성실함과 꾸준함에 경외를 품기 때문은 아닐까.

살다 보면 모든 게 지긋지긋할 때가 온다. 다 때려치우고 싶고 어디론가 떠나고 싶어진다. 하지만 꾸준히 쌓아온 것이 아깝고, 인내심을 제 미덕으로 받아들일 때 삶은 다시 정 궤도를 찾아간다. 하루키는 《직업으로서의 소설가》에서 묵묵히 계속하다 보면 어느 순간 내 안에서 '뭔가'가 일어난다고 말했다. 이런 꾸준함이 무라카미 하루키를 루틴의 대명사로 일컬어지게 했다. 지금도 무수한 사람들이 하루키 라이프를 실천하는 것도 같은 이유다. 하루키는 그 흔한 SNS도 하지 않고 대외활동도 뜸하다. 그는 오직 글쓰기로 자신을 반영한다. 하루키는 어쩌면 작가로서 궤도를 이탈하는 모든 행위를 경멸하는지 모른다. 이 정도 명성이면 어쩔 수 없이 삑사리를 낼 만한데, 그는 여전히 달리기나 하며 산다. 거대한 영향력을 가지면 그걸 쓰고 싶은 게 사람 마음인데, 하루키는 고양이나 관찰하며 자족한다. 그건 어떤 의미에서 존경할 만한 자제력이지만, 다른 의미에서 하루키라는 사람 자체가 일상에서 쉬이 벗어나지 않는 샐러리맨처럼 느껴지기도 한다. 온 세상이 그를 강력한 노벨문학상 후보로 치켜세우지만, 그의 스피커는 끝내 울리지 않았다. 그는 벽돌공처럼 하루의 루틴을 차곡차곡 쌓아 올리면서 조용한 수양을 계속했다.

나는 하루키 팬답게 그의 일과를 줄줄이 꿰고 있다. 그는 새벽에 일어나 달리기를 한다. 오전엔 네 시간가량 글쓰기에 열중하고, 식사로는 늘 생선이나 채소 샐러드를 즐긴다. 그는 작업이 일찍 끝났다고 펜을 내려놓는 사람이 아니다. 그에겐 무엇보다 정량의 글자를 새겨 넣는 의식이 중요하기 때문이다. 이른 오후에는 책을 읽고, 밤이면 늘 앉던

운동의 참맛

소파에 앉아 재즈 스탠더드 연주곡을 즐긴다. 존 콜트레인보다는 마일스 데이비스의 격렬한 연주법에 호감을 느낀다. 술도 좋아해서 위스키, 와인, 맥주 가리지 않고 마신다. 그리고 그 옆엔 얌전한 고양이가 목을 긁고 하품하며 단잠에 빠져 있다. 하루키는 교토 외곽에 살며 도시 속 개츠비의 화려한 삶과는 거리를 둔다. 그는 상상을 초월하는 부자지만, 저녁 시간은 언제나 텅 비어 있다. 그가 구축한 리듬은 매일매일 똑같이 여전히 그대로이다. 시계를 보니 이제 밤 9시. 저물어 가는 여름밤은 얼마 못 가 자취를 감춘다. 놀랍게도 그는 벌써 잠자리에 들었다.

중요한 것은 꺾이지 않는 마음

　미국 작가 실비아 플라스는 고작 열한 살부터 20년 후 스스로 목숨을 끊을 때까지 일상의 시간표를 짜고 그걸 지키려고 무던히 노력했다. 1959년 일기에서 그는 "이제부터 이런 시간표가 가능한지 실험해 보려고 한다. 자명종을 7시 30분에 맞춘 다음 피곤하든 그렇지 않든 간에 무조건 그 시간에 일어난다. 8시 30분까지 아침 식사와 집 안 청소를 끝낸다. 9시가 되기 전에 글을 쓰기 시작해서, 9라는 숫자의 저주를 떨쳐낸다"라고 썼다.

나도 크게 다르지 않다. 아침에 일어나면 책상 위에 놓인 페트병 생수를 세 모금 마신다. 출근길 지하철에서 잠시나마 케겔 운동을 하고, 점심시간에는 흥분을 가라앉히고 식판에 쥐꼬리만큼 밥을 푸고 국은 외면한다(고기반찬은 어떻게든 반찬 플레이트에 두 칸 이상 담는다). 식사 후에는 잠시 눈을 붙인다. 퇴근하면 무조건 헬스장에 가고 실비아 플라스처럼 저주를 떨쳐내기 위한 건 아니지만 밤 9시 이후에는 아무것도 먹지 않으려고 노력한다.

종종 왜 그렇게까지 빡빡하게 사냐는 질문을 받는다. "야, 그렇게 관리해서 뭐 하려고 그래. 어차피 다 쭈글쭈글해질 텐데, 너무 애쓰지 마. 매일 헬스장에 가면 오히려 몸에 안 좋대." 뭘 그렇게 애를 쓰고, 아등바등 사냐는 질문은 날카롭다. 갑작스럽게 삶의 덧없음과 허무를 짚어내기 때문이다. 매일 한 시간씩 쇳덩이와 씨름하고 맛없는 닭가슴살을 씹어대는 내게 이건 기습이다. 듣다 보면 화가 나지만 아예 일리가 없는 지적은 아니다. '굳이 이렇게까지 할 필요가 있을까?' 이런 의문이 들 때마다 난 테렌스 데 프레가 쓴 《생존자》의 마지막 내용을 떠올린다.

폴란드 작센하우젠에 있는 나치 강제노동수용소에 신참자가 들어왔을 때, 그 무섭고 절망뿐인 첫날밤에 선임 수용자는 벌벌 떠는 신참자에게 다가가서 이런 말을 해준다. "내가 자네한테 우리가 겪은 일을 말해주는 것은 자네를 괴롭히려는 게 아니고 힘을 내게 하기 위해서야. 이제 절망하는 것이 옳은 일인지 아닌지는 자네가 알아서 결정하게." 삶은 황량한 데다 종종 끔찍하고, 세상은 우리가 어떤 고생을 하든 철저하게 무관심하다. 물론 잘 알고 있다. 하지만 포기는 늘 혓바닥이 긴 사람의 몫이다. 그런 삶도 살아가는 데 운동에 이유를 찾는 건 이상하다. 잊지 말아야 하는 건 운동은 중력에 저항하는 일이라는 점이다.

어느 겨울날, 난 야심 차게 준비한 공무원 시험에 낙방하고서 자취방에 숨어 있었다. 보일러가 들어오지 않아서 패딩을 입고 몸을 잔뜩 웅크린 채로, 건물 밖을 쉴 새 없이 지나다니는 냉혈한 차 소리만 듣고 있었다. 난 마음 둘 곳도, 방향조차도 잡을 수 없어서 소음으로 침잠했다. 나는 내 몸뚱이가 무거웠다. 방은 컴컴하고 커튼에 비친 네온사인이 우주의 별과 같았는데 내 방은 엄연히 지구의 토막이었으며 방바닥은 나를 점점 더 물고 늘어졌다. 나는 짓눌려 갔다. 내 방은 분명히 고립무원의 우주였는데 이 세계는 날 가만히 두질 않았다.

그때 삶이라는 건 날 당기는 중력에 저항하는 일이라는 걸 깨달았다. 난 가벼워지고 싶었다. 나를 얽어매는 모든 걸 끊어내고 싶었다. 무슨 부귀영화를 누리겠다고 책을 펴기만 해도 메슥거리는 공부를 왜 해야 하는지 알 수 없었다. 그때 난 우주를 떠올렸다. 아무것도 없는 고요의 세계에서 유유자적 살고 싶었다. 60여 년 전, 소련의 우주비행사 유리 가가린은 인류 최초로 우주에 다다랐다. 사람이 더는 중력에 휘둘리지 않는 무중력의 세계가 펼쳐지리라 기대했다. 하지만 가가린은 지구를 벗어나서도 결코 자유로울 수 없었다. 그는 누구보다 더 인류와의 교신이 필요했고, 인류가 믿어 의심치 않았던 문명의 한계를 절감했다.

고요한 무위의 세계를 상상했던 가가린은 그간 단 한 번도 예상하지 못했던 우주의 수많은 변수에 흔들렸다. 중력으로부터 놓여났지만, 간절히 다시 지구의 끌어당김을 그리워했다.

헬스는 삶과 다르지 않다. 짓누르는 무게를 허공에 들어올리며 세상에 맞서는 일이기 때문이다. 몸은 괴롭지만 괴로워지려고 하는 일이 아니다. 그보다는 사는 데 더 큰 힘을 내기 위해서 저항하는 일이다. 《슬램덩크》안 선생님이 안경을 고쳐 쓰며 하신 말씀처럼 포기하는 순간 시합은 그걸로 종료다. 그것을 하는 뾰족한 이유를 대라고 종용하는 세상에 끌려다니기 싫다면 시쳇말로 꺾이지 않는 마음이 중요하다. 거창한 이유가 필요하다면 중력에 저항조차 할 수 없는 우주를 떠올리면 될 일이다.

내 주위에서 가장 열심히 운동하는 사람은 성대 형이다 (고기와 술은 멀리하고 운동을 지나치게 많이 한다). 나는 몸이 좋고 운동을 열심히 하는 사람이면 무조건 호감을 품는데, 그는 그걸 넘어서서 생존 전문가 베어 그릴스 같은 모험가

운동의 참맛

이미지를 풍긴다. 형 역시 베어 그릴스처럼 특전사 출신으로, 험하다 하는 산은 죄다 정복하며 살고 있다. 언젠가는 히말라야 고봉을 정복하고 싶다는 그는 가방에 닭가슴살 팩을 잔뜩 넣고 다니면서 몸을 관리한다.

언젠가 성대 형은 돈을 내고 에베레스트에 오르는 사람들이 있다는 얘기를 해줬다. 형은 특유의 말솜씨로 나를 네팔 어느 고봉으로 몰아갔다. "언젠가부터 알게 모르게 누구누구가 세계 최고봉에 올라갔다는 기사가 줄줄이 쏟아졌잖아. 그게 다 세계적인 산악인들이 에베레스트에 오르고 싶은 사람들을 모집해서 돈을 받고 정상까지 올려준 거라고 하더라고. 그렇다고 에베레스트에 오르는 일이 쉬워진 건 아니야. 도전하다가 기상 악화나 산소 부족으로 죽는 사람도 여럿이니까. 그래도 지원자가 끊이질 않는 건 등반 성공 확률이 높기 때문이지."

난 고개를 열심히 끄덕이면서 처음 들어본 세계를 상상했다. "네가 제일 높이 올라가 본 산이 어디야? 설악산? 네팔은 기본 8,000미터야. 말이 쉽지. 이게 정말 죽음의 지대

거든. 산소가 부족한 데다 체력이 받쳐주지 않으면 판단력이 흐려지고 몸도 가누지 못하게 되는 거야. 어떨 때는 뇌에 문제가 생겨서 낙상 사고가 생기기도 하고, 술 먹고 필름이 끊겼을 때처럼 이성을 잃고 길길이 날뛰기도 한대." 난 형의 말을 듣다가 조금 무서워졌다. 하도 실감 나게 얘기해서 그렇기도 했지만, 형이 그 모든 위험을 감수하고서라도 그 높은 봉우리에 오르기 위해서 돈을 모으고 있다는 걸 알고 있었기 때문이다.

다녀오면 빈털터리가 될 만한 거금이었다. "어떻게든 정상에 올려준대. 체력과 의지만 있으면 된다는 거지. 그래서 나도 요즘 운동량을 늘렸어. 날씨가 변수일 테지만 적어도 내 몸은 끄떡없을 거야." 난 혹독한 추위에 몸을 가누지 못하는 성대 형을 떠올렸다. 그러다 문득 궁금해져서 물었다. "거긴 가서 뭐 해? 목숨이 위태로울 걸 알면서도 그 큰돈을 쓰고 거기 올라가서 궁극적으로 뭘 하려는 건데?" 형은 나를 물끄러미 바라보다가 내가 뭘 모른다는 듯이 통박을 주듯 말했다. "그럼 너는 왜 글을 쓰는데? 써서 뭐 하려고?"

운동의 참맛

"그야 뭐, 그냥 쓰는 거지." 형은 아이처럼 웃더니 갑자기 표정을 싹 바꾸며 중얼거렸다. "그래, 그냥 하는 거야. 무슨 이유를 따지고 앉아 있어." 형은 덧없음에 지지 않았다. 중력에 왜 저항하냐고 묻는 내게 화를 내지도 않았다.

실화를 바탕으로 만들어진 영화 〈머니볼〉의 주인공 빌리 빈은 그간 미국 메이저리그 야구에서는 쓰지 않았던 통계학적 접근 방식을 써서 한 시대를 풍미했다. 그가 추구한 야구 전략은 여느 혁신가와 다르지 않게 기존 주류의 거친 반대를 무릅써야 했다. 경기 전략을 짤 때 수학적인 통계로 접근하다 보니 야구판에서 잔뼈가 굵은 선배 야구인들의 미움을 산 것이다. 특히 성적이 안 나올 때는 수모에 가까운 말도 들었다. 그럴 때마다 빌리 빈은 어땠을까? 빌리 빈은 영화에서 자기 동료에게 우리 방식을 굳이 남에게 설명하려고 하지 말라고 타이른다. 내가 옳다고 믿는 방식을 굳이 남에게 인정받을 필요는 없다는 말이다. 빌리 빈은 그깟 허울 좋은 의미 부여보다는 그냥 밀고 나가는 방식을 택한다. 우선 일을 진행하면서 바로 그다음 계획을 실행에 옮겼다.

이것저것 생각하며 당위를 부여하느라 지쳐버린 내 등판을 후려치는 영화였다. '아, 세상은 이리 치이고 저리 치어도 행동을 멈추지 않는 행동주의자가 바꾸는구나.' 나는 운동을 왜 해야 하는지 모를 때는 우선 헬스장에 가서 생각한다. 쇳덩이를 들어 올리다 보면 이유 없이 운동이 좋아진다. 내 주변에 운동을 좋아하는 사람은 대체로 별 이유 없이 그냥 운동을 하는 사람이다. 여러 이유를 갖다 붙일 순 있겠지만, 이유에 잠식당하지 않는 자가 진정한 헬스인이다.

운동의 참맛

사점과 세컨드 윈드

하체 운동은 오늘도 힘들었다. 종아리부터 대퇴사두근, 마지막으로 둔근까지 땀을 뻘뻘 흘리면서 갖가지 근육을 자극했더니 정신이 아득해질 정도였다. 몇 년째 매주 하는데도 도무지 익숙해지지 않는다. 정수기에 물을 뜨러 가다가 다리에 힘이 풀려 휘청였다.

근육은 초과 회복을 통해 성장한다. 새로운 근육이 자라나려면 반드시 새로운 통증에 적응하는 과정을 몸이 거쳐야 한다는 말이다. 어릴 적에 난 지점토로 만든 공룡이 건조한 공기와 햇볕에 못 이겨 쫙쫙 갈라졌을 때 점토를 덧붙여서 보강했다. 보강하면 보강할수록 공룡의 몸체는 커졌다. 난 오늘 하체 운동을 하면서 티라노사우루스의 거대한 허벅지에 초콜릿 맛 단백질 알갱이가 들러붙는 광경을 상상하며 통증을 버텨냈다. '더 찢어야 해! 더 아파야 해! 통증이 근육이야! 아픔이 운동이야! 아파서 근육이 커지는 거야!' 표정은 비장해지고 복식 호흡에 따른 민망한 숨소리가 터져 나와서 주위 사람들의 눈총을 샀다.

내가 헬스장을 좋아하는 이유는 간단하다. 일종의 긴장감 때문인데, 육체의 부딪힘이 만들어 내는 긴장감은 일상에 마법 같은 힘이 된다(마법이라니. 무책임하게도 그렇게 부를 수밖에 없다!). 동작을 정확하게 받치는 몸의 근육은 열띤 분위기로 무료한 하루를 압도한다. 육체 간의 끈끈한 움직임, 감정의 보폭이 출렁이는 기합 소리, 불필요한 살집을 짓이기는 고통의 신음. 멋진 몸을 만든다는 건 확실한 자극이자 관능이다.

운동의 참맛

거울에 내 몸을 비춰봤다. 아직 사람이 많지 않을 시간이라서 체중계에 오르내리며 이리저리 몸의 상태를 점검했다. 조명 덕분인지 코어 근육이 희미하게나마 보이는 듯했다. 스멀스멀 윤곽이 올라오는 것을 보니 최근에 덜 먹은 효과가 나타나는 모양이다. 거울에 비친 몸이 절대적으로 내 기분을 좌우한다고 느꼈다. 몸의 형태는 운동한 직후에 가장 예쁘다. 어쩌면 난 거울에 비친 내 몸에 만족하기 위해 운동을 하는 걸지도 모르겠다. 이 말인즉슨 몸은 에두르는 법 없이, 늘 김구라식 직설 화법으로 나를 긴장시킨다.

몇 년 전, 밥맛 떨어지는 일이 생겨서 살이 쭉쭉 빠졌던 시기가 있었다. 삶이 즐겁지 않으니 도무지 헬스장에 갈 마음이 들지 않았다. 마음고생을 하니 체중계도 응답을 시작했다. 질세라 근육도 쭉쭉 빠졌다. 몸과 마음이 이처럼 한통속이라니. 앞으로 남은 삶에 얼마나 깊은 절망과 슬픔이 있을지 알 수 없지만, 결국 몸과 마음이 서로 숙제를 미루지 않고 맞잡아 들며 버텨나가는 게 중요하다.

인간을 정신과 육체로 나눌 수 있다면 무엇이 더 '나'에 가까울까? 난 이성이라고 부를 수 있는 정신이라고 믿으며 살았다. 유물론자보다는 관념론자에 가까웠다. 하지만 눈에 보이지 않는 정신력은 실생활에서 영 쓸모가 없었다. 예를 들면, 치통 앞에서 인간은 정신머리를 논할 수 없다. 어금니가 욱신거리면 세상이 온통 고통으로 보인다. 이성이고 뭐고 오직 육체의 통증이 날 지배한다. 내 거죽이 내 신원을 증명하고, 카프카의 소설처럼 내 몸이 벌레로 변하면 우리 엄마는 나를 두루마리 휴지로 으깨서 변기통에 버릴 것이다. 그래서 난 헬스장에 갈 때마다 육체가 내 존재에 더 가깝다는 확신을 얻고 온다. 정신은 그저 뇌의 한 조각에 불과하다.

난 유독 엉덩이와 허벅지 근육에 연연한다. 이온 음료 광고와 같은 호승심을 자아내는 부위로, 거울 속에 비친 내 허벅지와 엉덩이가 늠름해 보이면 만족스럽다. 거울에 비친 몸의 상태는 그날 하루 내가 누릴 수 있는 것을 결정한다. 피로를 무릅쓰고 헬스장에 가서 몸을 굴렸으니 이번 주말에는 마라탕과 꿔바로우를 먹을 자격 획득! 어떤 날은,

운동의 참맛

오늘은 엉덩이가 파전처럼 축 처졌으니 흰쌀밥 금물! 허벅지가 앙상해 보이니 군것질 금지! 몸이 날 치하해 주면 감격해 촐랑거리면서 먹는 즐거움을 챙기고, 몸이 날 배신하면 고개를 푹 숙이고 스쿼트머신에 바벨을 하나 더 끼운다. 오늘은 거울 속 하체가 이상 징후를 보였다. 지난주까지 선명했던 라인이 지방에 파묻혔다. 주말의 만찬을 누릴 자격을 잃은 셈이다. 이처럼 내 주말은 조건부 행복이고, 조건 충족 여부는 헬스장의 거울 앞에서 판가름 난다.

오늘도 성급한 마음에 평소보다 바벨을 하나 더 끼우고 하체 운동을 했더니 야릇한 현기증이 느껴졌다. 마라톤에는 사점dead point이란 게 있다. 격렬한 운동의 초기에나 장시간의 운동 중에 산소 부채로 호흡이 곤란하고 운동을 중지하고 싶을 정도의 고통스러운 상태가 지속되는 것이다. 헬스를 할 때도 사점과 같은 순간이 있다. 통증이 온몸을 잠식하고 숨이 가빠 오면서 더는 못 하겠다고 느껴질 때가 있다. 하지만 이 사점을 버텨내면 체내의 젖산이 분해되면서 어느 순간 몸이 쾌감으로 가득 찬다. 마라톤에서는 이를 세컨드 윈드second wind라고 한다. 이 시점이 오면 마치 바람이 등을 밀어주는 것처럼 호흡이 편안해지고 머릿속도 잔잔해진다. 헬스도 다르지 않다. 아무리 힘들어도 3분 정도 쉬고 나면 사점을 넘어서서 몸은 다시 쇳덩이와 씨름할 준비를 마친다. 몸이 뜨거워지면서 땀이 흐르면 근육이 리드미컬하게 수축하는 게 느껴진다. 그래서 세컨드 윈드가 불어오면 내 한계를 넘어서는 기분을 느낄 수 있기에 운동의 재미를 이해할 수 있다.

오늘도 운동을 마치고 헬스장을 나서는데 다리가 비틀거리더니 비실비실 웃음이 새어 나왔다. 제대로 했다는 생각에 (동공은 풀렸지만) 어디선가 세레나데가 흘러나오는 듯했다. 일은 아무리 잘해도 본전이고, 책은 아무리 읽어도 제자리 같은데, 운동은 내게 평온을 가져다줬다. 운동을 마치고, 볼 일이 있어서 잠시 사무실에 들르니 퇴근한 지 얼마나 됐다고 짜장면을 시켜 먹는 동료들이 보였다. 안타까운 마음과 함께 은밀한 승리감을 느낄 수 있었다. '지금 그 배를 하고 짜장면이 입에 들어가는가, 김 부장!' 난 한껏 우

운동의 참맛

월한 기분을 뽐내면서 유유히 사무실을 빠져나왔다.

니체는 말했다. "어떤 심오한 철학보다 더 큰 지혜가 육체에 담겨 있다." 내가 이 세상에서 유일하게 확신하는 일은 몸을 움직이는 일뿐이다. 글쓰기는 단 한 번도 시원하게 내게 뭔가를 보여준 적이 없지만, 몸은 항상 정직하고 소탈하게 그 속을 내보여 줬다. 헬스장 바닥에 주저앉아 물 한 잔 마시고, 허공을 부유하는 먼지를 바라보는 행위만이 내겐 삶의 확신이다. 그 시간이 없다면 내 하루는 부유하는 물처럼 썩은 냄새만 가득 찬 곳이 될 것이다. 오늘은 평범한 하루였는데, 아득한 형광등 불빛 아래에서 샤워하고 허겁지겁 나와 밤공기를 한숨 들이마시니 만사가 태평해졌다. 육체와 정신이 완벽하게 호응하는 순간이 빚어낸 기쁨이다. 육체가 자아내는 감흥은 형언하기 어렵고, 그 느낌을 입에 올리는 순간 금세 소멸하고 말지만 난 계속해서 헬스가 주는 느낌을 글로 적어볼 생각이다. 헬스를 향한 나의 애틋함을 최대한 정확하게 써내서 몸을 가꾸는 즐거움이 많은 사람에게 전해질 수 있도록 하고 싶다.

쓸모없음의 쓸모

몇 달 전에 바디 프로필을 찍은 후배에게 왜 그토록 운동을 열심히 하느냐고 물은 적이 있다. 녀석은 예쁜 여자친구를 만나려고 헬스를 시작했다고 말했다. 실로 솔직하고 현실적인 목표였다. 예쁜 몸매가 예쁜 애인을 사귀는 무기로 쓰일 거라고 굳게 믿는 눈치였다. 사회에서 말하는 이른바 결혼 적령기를 통과하는 청년다운 포부였다.

그리고 며칠 전, 오랜만에 후배와 통화를 하는데 반가운

운동의 참맛

소식을 들었다. "형, 저 여자친구 생겼어요." "바디 프로필 찍은 보람이 있네. 안 하던 운동하느라 고생했다!" 내 예상과 달리 후배는 여자친구가 생긴 후에도 헬스를 그만두지 않았다. 오히려 전보다 더 열중해서 몸을 만들었다. "아니, 그토록 예쁜 애인을 만나고도 왜 운동을 계속하는 거야?" 후배는 무슨 말을 하냐는 듯이 얘기했다. "그러다가 다시 살찌면 어떡해요. 예쁜 애인 지키려면 관리해야죠." 후배가 헬스를 그만두고 알콩달콩 연애에 몰두했다면, 그래서 만들었던 근육이 다 쪼그라들었다면 후배의 애인은 그를 떠났을까? 그런 생각을 하니 후배가 영원히 운동할 팔자라는 걸 알 수 있었다. 사랑을 하면 사랑을 지키기 위해 운동을 해야 하고, 사랑에 실패하면 다시 사랑하기 위해 운동을 해야 하기 때문이다.

나도 후배와 비슷한 생각을 한다. 내가 헬스장에 빠지지 않고 다니는 게 사회에서 뒤처지지 않으려는 몸부림이 아닐까 자문한다. 강박에는 뭔가 들러붙은 게 있기 마련이라 하루라도 헬스장에 안 가면 초조하고 불안하다. 나도 후배처럼 성적 매력을 바탕으로 하는 연애의 장에서 경쟁력을 잃지 않기 위한 싸움을 계속하는 걸까. 뭘 하든 늘씬한 몸매를 선호하는 우리 사회에서 운동은 자기 계발의 방편이다. 요즘에는 어딜 가든 외모를 본다. 어디 가서 얼평, 외모평을 하지 말라고 주의를 받지만, 그만큼 사회가 타인의 평가를 의식하고 있다는 신호다. 말 그대로 보기 좋은 몸은 어디서든 호감을 사니까. 누가 내게 왜 운동하냐고 물으면, 진정한 나를 찾는 과정 어쩌고 하면서 허영에 뜬 말을 했지만, 어딜 가든 유리한 위치에 서고 싶어서 헬스장에 다닌다고 말하진 못했다. 삶은 목표가 아니라 과정에 있다면서 헬스는 더 나은 삶과 깊은 관련이 있다는 취지로 떠벌였지만, 그 말을 하는 나도 내 말을 믿지 못했다. 내가 추구하는 더 나은 상태가 운동의 순수한 희열로만 이뤄지지 않는다는 건 굳이 덧붙이지 않았다.

나는 대학을 졸업하자마자 취업해 지금까지 일하고 있다. 직장을 구하자마자 독립했고, 다시 집에 들어가지 않으려고 무던히 노력했다. 잘리기 싫어서 정말 열심히 일했는데 다행히 정규직이 되면서 업을 유지하고 있다. 처음 정규직 전환 소식을 들었을 때 정말 기뻤다. 내 앞에 로열로드가 깔린 기분이었다. 나는 인생의 상당 부분을 다 이뤘다고 생각했다. 어려서부터 내 꿈은 '독립한 사회인'이었다. 좋은 회사에 다니면서 바르게 사는 삶. 별 탈 없이 살다가 가끔 일이 힘들 때면 친구들을 만나 술 한잔 걸치며 신세 한탄하고, 그러다가 주말이 오면 가까운 교외로 나가서 김밥을 씹는 삶. 신작 영화를 보러 영화관에 가고 알라딘중고서점 VIP로 사는 삶. 잘살려고 버둥거리지 않고 적당히 만족하면서 사는 삶. 비록 월세라도 내가 살 집을 마련하고, 아쉽더라도 내가 번 돈으로 나 하나쯤 부양하는 게 부담스럽지 않은 삶. 인생의 로망이라기엔 소박하다고 볼 수 있지만, 요즘 방세와 물가를 보면 내가 1인분을 해냈다는 게 새삼 자랑스럽게 느껴진다. 하지만 그렇게 꿈에 다가서자, 덜컥 겁이 났다. 겨우 이건가?

영화 〈보이후드〉를 보면 혼자 산전수전 다 겪으면서 억척스럽게 아들을 키워 대학까지 보낸 어머니가 울부짖으며 한탄하는 장면이 나온다. 그 좋은 날에 어머니는 짐을 싸서 독립하려는 아들을 앞에 두고 "난 그냥, 뭔가 더 있을 줄 알았어"라고 되뇐다. 나도 그 마음을 이해할 수 있을 것 같다. 그냥 하다 보면 뭔가 더 있을 줄 알았다. 하지만 꿈을 이룬 다음 날에도 일상은 미동도 없이 엄연했다. 나는 늘 하던 것처럼 커피를 내리고, 노트북 앞에 앉아야 했다. 꿈을 다 이뤘는데, 이제 뭘 할 것인가? 상상만 하던 삶을 성취하자 또 다른 꿈을 지어내기 시작했다. 적금 만기가 되는 날만 손꼽아 기다리고, 만기 날이 오자마자 더 큰 금액으로 만기를 연기하는 꼴이었다.

윤고은 감독의 영화 〈우리들〉에서 누나 선이는 매일 맞고 귀가하는 동생 윤을 보고 속이 상해서 타이른다. "같이 놀지 말고, 너도 맞서서 때려야지." 그러자 동생 윤이 이렇게 말한다. "계속 때리기만 해? 그럼, 언제 놀아? 친구가 때리고 나도 때리고 친구가 또 때리고…. 난 그냥 놀고 싶은데…" 본질을 지적하는 동생의 무구한 질문에 선이는 생각에 잠긴다. 흔히 헬스를 시작할 때 후배처럼 명확한 목표를 가지고 운동을 시작한다. 바디 프로필, 체중 감량, 거대한 등판, 건강 회복, 열등감 극복 등. 목표는 우리를 의욕적으로 만들다가도, 이뤄지고 나면 금세 풀이 죽게 한다. 목표에 매달리면 결과에만 연연하게 되고, 과정을 즐기지 못하기 때문이다.

후배는 여자친구와 사랑하기 위해 운동을 계속하고 있다. 하지만 요즘 난 아무런 목적 없이 운동한다. 별생각 없이 쇳덩이를 든다. 목표지향적인 삶은 사람을 쉽게 지치게 하기 마련이라는 걸 알기 때문이다. 헬스만큼은 목적 없는 행위로 남겨두고 싶다. 예술가가 되기 위해, 체력을 키워 N잡러로 성공하기 위해 운동하는 게 아니다. 미래에 뭔가 더 있을까 하는 기대도 없다. 오직 한 번의 동작이 행해질 뿐이다. 내 몸무게를 훌쩍 넘는 쇳덩이를 머리 위로 들어 올렸다가 거친 숨을 내뱉으며 조심스럽게 바닥에 내려놓는다. 그리고 숨을 돌리며 다음 세트를 준비한다. 나는 이런 허망한 움직임에, 오르락내리락하는 무용한 되풀이에 완전히 매료됐다.

문학평론가 김현 선생님은 문학의 쓸모는 그 쓸모를 거부할 때 얻어지는 자유와 해방감에 있다고 얘기했다. 운동도 마찬가지로 그 쓸모없음이 목적의 세계에서 날 해방케했다. 쓸모없는 것을 하며 비로소 품위 있는 삶을 상상할수 있었다. 헬스는 쓸모가 없어서 아름답다. 이른바 쓸모없음의 쓸모다. 쓸모없는 헬스 앞에 "왜?"라는 물음은 어울리지 않는다. 정갈한 쉼표를 찍고 한숨 돌리다가 여지없이 마침표를 찍고 다시 준비 자세를 취해 보인다.

헬스의 움직임은 전시장에 걸린 그림처럼 쓸쓸하리만치고요하다. 헬스장에 음악이 아무리 크게 틀어져 있어도, GX룸에서 기합 소리가 쩌렁쩌렁 울려 퍼져도 헬스의 움직임은 폐곡선을 그리며 제자리로 돌아온다. 근육을 고립시켜 놓고 불필요한 동작은 일절 허용치 않기 때문이다. 그만큼 헬스는 단조롭고 반복적이다. 어떻게든 이 지루함을 이겨내 보려고 기기괴괴한 운동법을 적용해 보지만, 지루함이 존재 양태인 헬스가 동작 하나 바꿨다고 느닷없이 신이나는 놀이가 될 리 없다. 그러면 어떻게 해야 헬스를 즐길 수 있을까?

예술을 헬스로 끌어오는 것이다. 헬스장에서 랩 가사를 쓰거나 예술 책을 읽으라는 말이 아니다. 단지 시간을 보내기 위해서가 아니라, 근육의 세밀한 움직임에 신경 쓰면서 몸을 건강하게 가꿔가자는 것이다. 가령 나는 가슴이 발달해 있고 하체가 두껍지만, 허리가 통짜고 등이 벌어지지 않아 늘 등 상하부를 신경 쓰며 운동한다. 등 전체에 부하가 생길 때까지 갖가지 기구로 등 근육을 자극하며 몸의 균형을 맞춰간다. 그 과정 하나하나가 몸을 빚는 예술이다.

헬스는 지나간 내 청춘이다. 이별의 아픔과 만남의 환희가 곳곳에 아로새겨진 연애소설이며, 아드레날린이 솟구치는 힙합이면서 회한에 젖어 한숨이 절로 나오는 발라드이기도 하다. 무엇보다 내가 여전히 살아 있다는 감각을 느끼게 하는 성장드라마이고, 동시에 온몸이 끓어오르는 관능의 순간이다. 긴 세월 가꿔 온 내 모습이며, 여전히 통증을 견디면서도 빚어가는 현재의 자신이다. 그렇게 헬스는 톡 쏘는 광휘와 찌는 듯한 작열로 내게 머물렀다. 내가 살아 숨 쉬고 활동할 수 있게 하는 힘 그 자체로 기능했다. 앞으로도 속절없이 지나가 버린 과거와 도래하지 않은 미래를 생각하지 않고, 영원한 1분 1초의 싸움을 지속할 것이다.

운동의 참맛

1판 1쇄 인쇄 2023년 7월 14일
1판 1쇄 발행 2023년 7월 20일

지은이 박민진

발행인 양원석 **편집장** 박나미 **책임편집** 김율리
디자인 정세화, 김미선 **영업마케팅** 조아라, 이지원, 정다은, 백승원

펴낸 곳 ㈜알에이치코리아
주소 서울시 금천구 가산디지털2로 53, 20층(가산동, 한라시그마밸리)
편집문의 02-6443-8862 **도서문의** 02-6443-8800
홈페이지 http://rhk.co.kr
등록 2004년 1월 15일 제2-3726호

ISBN 978-89-255-7627-5 (03810)